Los caracoles no saben que son caracoles

Nuria Roca

Los caracoles no saben que son caracoles

ESPASA ⓔ NARRATIVA

Diseño de cubierta: gráfica
Foto de la autora: Luis Gaspar.com. Producción: Luis Gaspar Estudios

Depósito legal: B. 4.200-2009
ISBN: 978-84-670-3057-0

Espasa, en su deseo de mejorar sus publicaciones, agradecerá cualquier sugerencia que los lectores hagan al departamento editorial por correo electrónico: sugerencias@espasa.es

Impreso en España/Printed in Spain
Impresión: Cayfosa (Impresia Iberica)

Editorial Espasa Calpe, S. A.
Vía de las Dos Castillas, 33. Complejo Ática - Edificio 4
28224 Pozuelo de Alarcón (Madrid)

A Juan y Pau

Me parece que voy a llegar tarde. Como siempre. Tengo que ir al tanatorio y no sé qué ponerme, no tengo ni idea de la ropa apropiada para ir a un lugar así. Me gustaría llamar a mi hermana para ver qué llevará ella. No es la primera vez que nos presentamos en un sitio vestidas igual. Además, así le pregunto si prefiere que la recoja o mejor nos vemos directamente allí.

Nunca sé cómo comportarme cuando hay muertos de por medio. Me refiero a cuando tengo que ir a un tanatorio, a un funeral o a un entierro. No sé de qué hablar con la gente, me parece que cualquier conversación es inapropiada, no sé si hay que mostrarse muy apenada ni tampoco si es bueno exagerar. Sobre todo si el muerto no es alguien muy cercano. Seguro que esto me pasa porque nunca se me ha muerto nadie a quien de verdad quería. Además, siempre me bloqueo cuando tengo que dar el pésame, no soy capaz de aprenderme ninguna de las frases hechas como «te acompaño en el sentimiento», «lo siento mucho», «no somos nadie» o «así es la vida». Me pongo muy nerviosa y me hago un lío. En el entierro de mi tío Vicente le di el pésame a mi tía diciéndole: «Siento tu sentimiento, porque la vida no es de nadie». A mi hermana, que estaba detrás, le entró un ataque de risa que no tardó en contagiarme y no pudimos parar hasta que metieron al pobre de mi tío Vicente en el nicho. La risa incontrolable, aparte de estar prohibida, ha de compartirse. Tiene que haber al menos dos cómplices para contagiarse y en eso mi hermana y yo somos especialistas. Siempre hemos compartido la risa porque a las dos nos hacen gracia las mismas cosas. No hace falta apenas hablar, no hay que explicar nada. Si estamos juntas y sucede algo que a una le provoca risa, es seguro que a la otra le está sucediendo lo mismo. Es el mismo resorte en nuestro interior el que enciende el interruptor de las carcajadas por las mismas cosas y al mismo tiempo. La risa es el mayor punto de unión que tengo con mi hermana. Su risa es también la mía.

Creo que lo mejor será ir de negro porque como voy ahora no me siento cómoda. No tengo muchas ganas de nada y mi hermana no contesta.

Me llamo Clara y tengo treinta y cinco años. Mi hermana María es tres años mayor que yo, es más alta que yo, más delgada que yo y dicen que es también más guapa que yo. Las tres primeras cosas son indiscutibles, aunque la última puede que no esté tan clara. La verdad es que nos parecemos bastante y si no fuera porque ella es diez centímetros más alta, mucha gente pensaría que somos gemelas. Da igual, porque toda la familia en general y mi madre en particular decidieron hace ya unos treinta años que la guapa de las dos hermanas era ella y eso ya es inamovible de por vida.

No fue ésa naturalmente la única decisión de mi familia, ni mucho menos. También decidieron que yo era más nerviosa, ella más inteligente, yo más sosa y que ella tenía mejor pelo. En ese reparto de roles, María se llevó indiscutiblemente la mejor parte, salvo que al parecer yo tengo más sentido del ritmo que mi hermana. El baile era la única actividad en la que la superaba. La profesora de ballet se lo dejó claro a mi madre cuando éramos niñas, aunque ella le contestó: «Qué pena que esté tan gordita, porque por muy bien que baile, no le luce». Es verdad que siempre me han sobrado tres o cuatro kilos, a veces hasta cinco o seis. Qué se le va a hacer.

Estoy divorciada desde hace dos años de Luisma, mi novio de toda la vida y padre de mis dos hijos, Mateo y Pablo. Ellos son las dos personas que más quiero en el mundo. Después va mi hermana, después mi madre y mi padre y después Luisma. No puedo evitar ordenarlo todo de mayor a menor. Hago listas en mi mente de los discos, las películas o las ciudades que más me gustan de más a menos. Es una manía. Una más. También las personas que quiero tienen su orden de importancia.

Ha venido un montón de gente de mi trabajo, mi jefa, los compañeros. No falta nadie.

Trabajo en una productora de televisión, que, para quien no lo sepa, es una empresa en la que se hacen programas y series para distintas cadenas. Yo trabajo en el departamento de producción, en el que a veces soy jefa, otras auxiliar, otras secretaria, otras contable y en ocasiones hasta transportista o sastra. Soy de las más antiguas de la empresa, aunque estoy segura de que los dueños de la productora no saben ni cómo me llamo. No tengo un horario estricto, pero casi nunca me voy de allí antes de las seis. Algunas tardes, cuando los niños están con su padre, trabajo en un estudio de fotografía en el que casi siempre retrato alimentos para los carteles de ofertas de unos grandes almacenes. Cuando usted vaya a una gran superficie de alimentación y vea un cartel con langostinos fotografiados en el que pone «langostinos a siete euros el kilo», posiblemente esa foto la haya hecho yo. Con la fotografía saco mi lado más creativo, aunque todavía no haya tenido mucha suerte con los encargos que me hacen en el estudio. También hago reportajes de bodas algunos sábados. Me encargo de las fotos de la iglesia, de las fotos del banquete y también de las fotos que se hacen entre la iglesia y el banquete: las fotos del parque. Ésas tan ridículas que la pareja se hace siempre entre árboles y matorrales mirando al infinito con sus manos entrelazadas. Fotografiar novios me proporciona un sobresueldo y muchas risas con mi hermana. A María se le ocurrió hace tiempo guardar las fotos más ridículas que yo descartaba de mis reportajes de boda y cada vez que le entrego una nueva remesa para su colección tenemos garantizadas dos horas de risa compulsiva.

Entre la productora, las fotos y los niños no tengo tiempo para nada. Menos mal que está Sornitsa, mi asistenta búlgara, a la que cada uno llamamos de una manera. Yo intento pronunciar bien su nombre, pero me sale un sonido raro. Mi madre la llama Soraya, los niños la llaman Sorrita y mi padre Sarcosí. Si no fuera por ella, mi vida sería mucho peor y algunas veces me dan ganas de ponerla la primera en mi lista de personas queridas. A pesar de su ayuda, me paso todo el día corriendo y siempre llego tarde a todas partes.

Después de separarme de Luisma lo pasé bastante mal, pero en el último año me he desmelenado un poco con los tíos. Es normal después de tanto tiempo con la misma persona. Tenía quince años cuando le conocí, un año después empezamos a salir formalmente y diez más tarde nos casamos. Después de tantos años nos separamos echándole la culpa a la monotonía. Una excusa como otra cualquiera, porque la monotonía nos ha acompañado desde el primer día, aunque hayamos tardado casi veinte años en reconocerlo. Este tipo de conclusiones se las debo en gran parte a Lourdes, mi psicóloga, a la que veo desde hace dos años y que es para mí de gran ayuda. Las veces que la entiendo, claro. Porque hay veces que me cuesta mucho entender lo que quiere decirme. De todas formas, he mejorado y en los últimos meses, supongo que en parte gracias a ella, estoy casi siempre más contenta. ¿Por qué no? Tengo dos hijos maravillosos, un trabajo como el de cualquiera, un sobresueldo con las fotos, un ex marido con sus cosas, una madre con las suyas, una asistenta con nombre raro, cuatro kilos de más y a mi hermana María, a la que quiero con toda mi alma. Necesito que conteste.

—Dadle un poco de agua a ver si se reanima.

—Pobre, está destrozada.

—Se ha desmayado de repente.

—Debe de ser terrible perder a una hermana.

—Y tan joven.

—Y en estas fechas.

—Ningún año nuevo será feliz para ella.

—Además, estaban tan unidas.

—Mira, parece que reacciona.

—Incorporarla y sentadla aquí.

—Ya vuelve.

Recuperé el conocimiento y seguía en el tanatorio vestida de fiesta junto al ataúd de mi hermana María.

Tengo las medias rotas y sigo con esta absurda blusa plateada de lentejuelas que se está deshaciendo por momentos. Las lentejuelas diminutas que parecen purpurina se van desprendiendo de la tela una a una, van cayendo al más mínimo movimiento. Unas al suelo, la mayoría en mi falda arrugada, otras se pegan en las medias, cada vez más raídas, y otras en el terciopelo negro de los zapatos.

María y yo habíamos decidido vestirnos igual para celebrar la Nochevieja. Fuimos de compras la semana anterior para elegir un modelazo y a las dos nos gustó la misma blusa, la misma falda y los mismos zapatos. Siempre hemos tenido gustos parecidos, sobre todo con la ropa, pero también con la comida y hasta con los chicos, a pesar de lo diferentes que han sido nuestros novios. Decidimos comprarnos lo mismo, como tantas veces desde que éramos niñas. La única diferencia era, como siempre, la talla: ella de la 38 y yo de la 42. Ésa, y que a mí me tuvieron que acortar un poco la falda en la tienda. A María nunca había que arreglarle la ropa, solo algunas veces meterle un poquito de cintura. Cuando de adolescentes íbamos de compras y salíamos las dos del probador con los mismos vaqueros, una simple mirada de mi madre dejaba clarísimas las diferencias entre el cuerpo de María y el mío. A ella la miraba con orgullo y a mí de reojo, como sin querer mirar. Luego me consolaba diciendo cosas como: «No te preocupes, hija, tú también eres muy mona de cara».

No pasaba nada por ir vestidas igual, porque esta Nochevieja no íbamos a vernos. Yo cenaba en mi casa con mis padres, Mateo y Pablo. María iba a cenar en la suya con la familia de Carlos, su marido. Hablé con ella a las once y media para felicitarnos el año, que después de las doce se saturan las líneas y es imposible comunicarse. No hubo nada especial. María habló con los niños, yo le mandé un beso a Carlos, y antes de colgar se despidió de mí diciendo «mañana hablamos». Nada más, nada importante. La muerte no le dio ninguna pista a María de su presencia, no nos dio la oportunidad de decirnos adiós. Media hora después estaba muerta.

Los médicos han dicho que fue un fallo del corazón. Sin más. También nos dijeron que la muerte súbita es más frecuente de lo que parece. En unos días nos enviarán el informe completo de la autopsia, pero no hay nada raro en la muerte de María. Al parecer, cayó desplomada nada más brindar por el año nuevo. Todavía tenía la copa de champán en la mano. El juez ha autorizado enterrarla y cuando venga el coche fúnebre saldremos para el cementerio.

No he podido cambiarme de ropa en estos dos días, tampoco he querido. Mi blusa se sigue deshaciendo y la ropa de María está dentro de una bolsa que me entregaron en el hospital y de la que no puedo desprenderme.

La misma blusa de lentejuelas diminutas, la misma falda negra y los mismos zapatos de terciopelo están dentro de esta bolsa de plástico que tengo agarrada con mi mano sudorosa. Las lentejuelas no paran de desprenderse de mi camisa. Yo misma también me estoy deshaciendo.

Pablo está radiante saltando en el sofá con su disfraz de Spiderman, pero Mateo sabe que ha ocurrido algo. Uno de los regalos que le han dejado los Reyes son unos patines negros con una sola fila de ruedas, como los que llevan los mayores. Su tía María le había prometido enseñarle a patinar, así que esos patines fueron lo primero que apuntó en la carta a los Reyes Magos. Al levantarse esta mañana ha sacado de las cajas con desgana el resto de juguetes, pero ni tan siquiera se ha acercado a los patines. Tampoco ha preguntado todavía por la tía María.

Mi hermana no tenía hijos. Había estado muy ocupada para tenerlos. Los estudios de medicina, luego el MIR, después la especialidad en traumatología, más tarde conseguir la plaza fija, luego abrir su propia clínica privada. María siempre ha hecho las cosas bien. Y por orden. Hasta casarse lo hizo en su momento y con la persona adecuada. Carlos es traumatólogo, igual que ella, muy trabajador y muy elegante, a juicio de mi madre. Siempre va con corbata, muy bien peinado y con un afeitado tan apurado que le provoca un brillo en la cara un poco artificial. Está algo gordito y cojea un poco de una pierna, aunque no me acuerdo muy bien de cuál. Creo que cada vez cojea de una distinta, aunque a lo mejor es que yo no me he fijado bien. Luisma y él nunca se han llevado bien. Desde que se conocieron Carlos se dirige a mi ex llamándole Luis Mariano, algo que Luisma no puede soportar. A Luisma le avergüenza llamarse Luis Mariano y acepta con agrado que la gente piense que se llama Luis Manuel, como casi todos los Luismas.

A los niños les encantaba ir a casa de la tía María. En su urbanización de chalets hay piscina, jardines, un parque con columpios y un campo de fútbol pequeño. Mi hermana iba a enseñar ahí a patinar a Mateo. Dentro del chalet todo es automático, hasta las cortinas se abren y cierran con un mando a distancia. Siempre que vamos allí hay un aparato nuevo, el último móvil, el ordenador más pequeño o una cafetera de diseño. Además, hay un montón de televisiones, una en cada cuarto, que cuelgan de las paredes. En nuestra casa, sin embargo, sólo hay una tele en el salón y para correr las cortinas hay que acercarse a ellas y desplazarlas con la mano. No se puede comparar.

Cuando María y yo éramos niñas vivíamos en la peor zona de un buen barrio. Un barrio de clase media alta que tenía algunos bloques de pisos de clase media baja. En estos últimos estaba nuestra casa. A nosotros nos iba un poquito mejor que a las familias que vivían inmediatamente al lado y un poco peor que a las que vivían doscientos metros más allá, en pisos mucho más nuevos y algunos hasta con piscina. Eso a finales de los setenta o principios de los ochenta era desde mi punto de vista ser rica. Mi infancia fue feliz, que yo recuerde. Mis padres se separaron cuando yo tenía cinco años, algo que no supuso para mí ningún trauma. Es más, a mí me parecía todo de lo más normal, a pesar de que en aquella época, finales de los setenta, no era nada frecuente que los matrimonios se separaran. María y yo vivíamos con mi madre, pero mi padre iba a vernos casi todas las tardes. Los viernes, al salir del colegio, María y yo nos íbamos con mi padre a casa de mis abuelos y allí dormíamos hasta el domingo. Mis padres se llevaban tan bien que nadie podía entender el motivo de su separación. María y yo tardaríamos muchos años en saberlo.

Desde la muerte de mi hermana, Luisma se ha ocupado por completo de los niños, que han estado de vacaciones de Navidad. Yo estoy demasiado hecha polvo para estar con ellos, así que mi ex se ha quedado en casa todos estos días. Esta tarde, como cualquier 6 de enero, vendrán mis padres para ver qué han dejado los Reyes Magos a sus dos nietos. No les he visto desde el entierro y tengo miedo de que la escena nos supere a todos, también a los niños.

—¡Los abuelos! —grita Pablo entusiasmado al oír el timbre de la puerta.

Corre por el pasillo y abre contentísimo.

—¡Abuelos, han venido los Reyes!

Mi madre parece más entera, pero la tristeza ha transformado la expresión de mi padre. Al vernos, nos abrazamos los tres sin decir nada. Mi padre no quiere mirarme a los ojos porque sabe que de hacerlo no podrá contener el llanto. Mi madre me besa en la mejilla. Creo que les cuesta mucho trabajo moverse, que a partir de ahora les va a costar demasiado esfuerzo vivir.

Mateo está viendo los dibujos por la tele, le encanta la Pantera Rosa y casi no se da cuenta de que han llegado los abuelos. Luisma sigue haciendo esfuerzos para que los niños no noten nada. Pablo no para.

—Abuelo, soy Spiderman y puedo subir por las paredes.

—Claro que sí, cariño —dice mi padre con la voz entrecortada.

—Mateo, ¿dejaste turrón a los Reyes? —le pregunta mi madre.

—¡Los Reyes no existen! ¡No existen! —grita Mateo histérico antes de comenzar a llorar con rabia, tapándose la cara con un cojín.

Mis padres y yo nos sentamos junto a él en el sofá. Luisma se lleva a Pablo.

—¿Qué pasa, cariño? —le digo.

—La tía María se ha muerto —contesta sin separar el cojín de su cara.

A mi padre se le humedecen los ojos. Yo no sé qué decir. Mi madre se lanza.

—Sí, cariño, la tía se ha ido al cielo.

—¡Y claro que existen los Reyes! —interrumpo yo—. ¿Qué tontería es ésa? ¿No ves que han venido?

Dan igual mis intentos para que Mateo recupere una parte de la inocencia que se le ha escapado en la última semana, pero sí logro que deje de llorar. El silencio no lo es del todo porque en la tele sigue la Pantera Rosa haciendo de las suyas. Se agradece esa musiquita.

—Mamá, ¿por qué se ha muerto la tía?

—No lo sé, hijo.

—Las personas buenas —se rehace mi padre— cuando se mueren van al cielo, allí se está fenomenal.

—¿Tú has ido? —dice Mateo, que parece que ha vuelto a tener siete años.

La tarde transcurre cada vez más calmada. Mateo poco a poco se ha ido sintiendo mejor, mi padre ha logrado reírse jugando con Pablo, Luisma ha subido un roscón de la tienda de abajo y mi madre ha comenzado a criticar el desorden de la casa. Todos necesitamos un poco de normalidad para olvidar la pena, todo lo que duele la ausencia de María. Estoy deseando volver a trabajar, que los niños regresen al cole, que vuelva Sornitsa de sus vacaciones navideñas en Bulgaria y pedir hora con Lourdes.

Cuando mis padres se están poniendo el abrigo para marcharse, nos damos cuenta de que Pablo se ha quedado dormido en el sofá con el dedo en la boca, todavía vestido de Spiderman. Mateo se acerca por fin a los patines y los saca de la caja.

—Mira, abuelo. De una sola fila, como los de los mayores.

—¡Qué bonitos!

—¿Me enseñas tú a patinar?

—Claro, cariño. Yo te enseño.

Mi mejor amiga desde que me separé de Luisma es Esther. Yo cuando estaba casada no tenía buenas amigas. Por eso no podía contarle a nadie lo mal que me iba con él. Salvo a María, pero con ella tampoco me gustaba profundizar en mis problemas porque contándoselos me sentía un poco inferior. Como a ella le iba tan bien con Carlos... Además, María era mi hermana y no cuenta. Igual que Lourdes, que aunque muchas veces yo me empeñe, mi psicóloga no puede ser mi amiga.

Esther trabaja en la productora como coordinadora de guiones, una especie de jefa de guionistas. Nuestra relación laboral, al margen de que estamos sentadas enfrente, se debe a que Esther es la encargada de transmitir al departamento de producción en el que yo trabajo las necesidades que se tienen para hacer cada uno de los programas o capítulos de las series y nosotros lo intentamos conseguir si entra en el presupuesto.

Por ejemplo, si a los guionistas se les ocurre que los dos protagonistas de la serie de adolescentes que producimos ahora para Telecinco se escapen una semana de sus casas porque tienen la ilusión de recorrer Nueva Zelanda con la mochila al hombro, nosotros en producción debemos decir que no, que le den una vuelta al guión y que la escapada podría ser a Salamanca, mucho más cercana al público al que nos dirigimos.

Estaba deseando volver a trabajar. Ni siquiera aproveché los tres días de vacaciones que me correspondían por la muerte de mi hermana. Son derechos que se tienen. Qué paradoja. Lo normal es asociar las vacaciones con algo bueno y no como un premio por estar jodida. La primera semana en la productora todo el mundo estaba extrañamente pendiente de mí. Creo que en los primeros días me invitaron a más de diez cafés de máquina por día, que, naturalmente, provocaron una revolución en mi intestino. Lo de la fibra de los yogures es una broma comparado con el café de máquina. Cada rato tenía que salir precipitadamente al baño, corriendo por el pasillo, algo que las compañeras interpretaban a su manera.

—¡Pobre!, no quiere que la veamos llorar.

Mi jefa ha decidido que debo formar parte del equipo que va a viajar la próxima semana a Sevilla para hacer un cásting a niños artistas de toda Andalucía para un nuevo programa.

Mi jefa se llama Carmen y es una buena persona. Si no fuera mi jefa, creo que sería mi segunda mejor amiga, detrás de Esther. Carmen quiere que vaya a coordinar el viaje a Andalucía, hoteles, trenes, convocatoria de los niños artistas y de sus madres, coches de producción, etc.

«Así te despejas un poco y ocupas tu mente en otras cosas», me dijo.

A mí no me gusta viajar en el trabajo porque, fuera de la productora, no suelo desenvolverme demasiado bien con los compañeros. No me relajo nunca. Siempre quiero parecer simpática y enrollada y me paso todo el día con una sonrisa puesta que me agota. Lourdes me dice siempre en la consulta que esa necesidad de agradar a la gente es inseguridad en mí misma. Que sea más desagradable, me dice. Lleva razón. Lourdes siempre lleva razón.

Si coordinar el cásting de los niños cantores no me apetece nada, coordinar a mis suegros, a mis padres, a Luisma y a Sornitsa para quedarse con los niños me produce un cansancio insuperable. Los horarios de Mateo y Pablo son muy complicados porque uno va al colegio y el otro todavía a la escuela infantil, no salen ni entran a la misma hora, y para que a la semana no le falte de nada, su padre apuntó a Mateo a fútbol los lunes y miércoles y a Pablo a natación los martes y jueves. Luego los baños, los deberes, las cenas... Yo me lo sé todo, pero soy la única. Si yo estoy de viaje es posible que Pablo acabe en la clase de fútbol, a Mateo se le recoja una hora más tarde y que los dos pierdan por la mañana el autobús escolar. Además, Sornitsa volvió un poco rara de sus vacaciones en Bulgaria porque ha sufrido otra crisis con su marido. Su «marrido», como dice ella. Cuando Sornitsa se pelea con su «marrido» se distrae y hasta que se le pasa me quema con la plancha un par de camisetas y destiñe ropa de los niños al mezclar la de color y la blanca. Las crisis del matrimonio siempre las motiva ella, que cree permanentemente que su marido le es infiel, aunque no tiene ninguna prueba. De todas formas, ella está «segurra» de que su hombre tiene un par de amantes.

La distracción de Sornitsa no hace de éste el mejor momento para que yo desaparezca de casa una semana entera. Además, Mateo sigue estando demasiado sensible con lo de mi hermana. Tiene pesadillas casi todas las noches y no hay día que no amanezca en mi cama. Poco a poco se irá recuperando, pero todavía es pronto para él. Es pronto para todos.

Esta mañana he llegado a la estación de Atocha muy pronto. El Ave que nos llevará a Sevilla sale a las once y yo llevo aquí desde las nueve y media. Siempre llego tarde a todas partes, pero esta mañana Sornitsa dejó a los niños en la ruta y con el metro me he plantado aquí en un momento. Voy a llamar a mi madre para repasar los horarios de los niños.

—¿Diga?

—¿Mamá?

—Dime, Clara.

—Hola, mamá, soy Clara.

—Ya sé que eres Clara. Te lo estoy diciendo.

—Es verdad.

—Bueno, ¿qué?

—¿Tienes claro lo de los niños?

—Sí, Clara.

—Esta tarde Mateo tiene fútbol y Pablo sale a las seis... Bueno, de Pablo no te preocupes, que lo recoge Luisma... Bueno, de Mateo tampoco, que lo lleva Sornitsa... Bueno, pero que cenen bien, ¿eh?

—Sí, Clara.

—Vale, es que quería repasarlo.

—De acuerdo, hija.

—¿Y tú cómo estás?

—Bueno, ahí vamos. De vez en cuando me entra el llanto y no puedo parar.

—Tienes que salir más. Podrías ir a la peluquería y repasarte el tinte, que el otro día tenías la raíz blanca.

—Bueno, ya iré.

—Irás hoy, que quiero que los niños te vean guapa.

—Vale, hoy voy. ¿A qué hora sale tu tren?

—A las once.

—Ten mucho cuidado.

—Adiós, mamá.

—Adiós, Clara. Y no comas muchos dulces que se te van todos al culo.

—Jo, mamá.

—Es que yo también quiero que los niños te vean guapa.

Hasta que no me monto en el Ave no me doy cuenta de que a este viaje viene Esther como responsable de guión. Lo decidió Carmen a última hora y ayer mismo le sacaron el billete. Sé que a ella no le ha hecho ninguna gracia, porque estaba detrás de ser guionista en un nuevo programa de sketches y eso de estar aguantando a niñas cantando copla le pone bastante de los nervios. Esther es una guionista de humor. Todos los guionistas que conozco se consideran guionistas de humor, aunque la mayoría tenga una gracia bastante limitada. Luego acaban en concursos y magacines de tarde, que no está mal, pero que no es lo mismo. Esther sí tiene gracia de verdad. A mí me la hace. Más que ella, lo que escribe. Siempre dice que le encantaría escribir una novela y yo estoy segura de que algún día lo hará. Que Esther venga a Sevilla es la buena noticia de este viaje, pero en la cafetería del tren descubro que también hay una mala, como en los chistes.

La mala noticia se llama Miguel, es un realizador y ha vuelto a trabajar para mi productora. Concretamente le han llamado para este programa cuya producción yo coordino. Miguel y yo tuvimos una historia al poco tiempo de dejarlo con Luisma.

No sé cómo definir aquella relación con Miguel, posiblemente «lío» sea la mejor palabra. Miguel es alto, fuerte, moreno, con los ojos verdes y una dentadura muy blanca y muy perfecta. Está más cerca de ser guapo que feo y a pesar de todo no es un tío atractivo. A primera vista llama la atención por su imponente físico, pero al rato deja de atraerte. Quizá sea la ropa, siempre con pantalones de pinzas un poquito altos; a lo mejor es su apuradísimo afeitado y su falta de prudencia con la cantidad de aftershave que utiliza; puede que lo que echa un poco para atrás sea un cordón de oro que lleva en el cuello, o su pelo tan perfectamente cortado y peinado. No sé qué será, pero a Miguel le falta algo. Posiblemente, la que mejor definió físicamente a Miguel fue Esther nada más conocerle: «Tiene cara de yerno».

Mi relación con Miguel fue un desastre, sobre todo por mi culpa, un acto fallido, como dice Lourdes, que casi estaba olvidado. Eso creía yo, pero es que Miguel es otra vez mi compañero de trabajo. Lo tengo a mi espalda en la barra de la cafetería del Ave y me acaba de tocar la espalda.

—Hola, Clara.

—¡Hombre, Miguel! No te había visto.

—Siento lo de tu hermana. Me enteré hace unos días.

—Gracias.

—Vamos a trabajar juntos otra vez.

—Ya veo.

—Nos veremos mucho estos meses. Así podremos hablar.

—Claro, ya hablaremos.

—Por ejemplo, de por qué dejaste de llamar.

Así fue: le dejé de llamar sin darle ninguna explicación. ¿Qué iba a decirle si ni yo misma sé lo que me pasaba en esa época? Cuando rompí con Luisma me desequilibré. En un mismo día podía sumirme en una honda tristeza y a las pocas horas estar eufórica, deseando reír y con ganas de bailar. Bailar se me da bien desde pequeña y cuando estoy contenta bailo, con música o sin ella. En aquellos primeros meses como mujer separada tenía unas ganas terribles de estar con otro hombre que no fuera Luisma. Ganas y miedo, porque sólo imaginarme con otro me paralizaba. Yo siempre le fui fiel a Luisma. Desde que empezamos a salir hasta la separación nunca estuve con otro chico. A lo largo de todos esos años conocí a algunos que me gustaban, la mayoría compañeros de trabajo, pero nunca pasó nada con ninguno. Dos veces estuve a punto, pero al final me eché atrás. No tiene nada que ver con una cuestión de principios y no me siento especialmente orgullosa. Simplemente no lo hice. Es más, ahora mismo no sabría explicar por qué y si pudiera volver atrás seguro que hubiera sido infiel por lo menos una vez. Habría estado bien.

En el último año con Luisma nos acostaríamos cinco o seis veces como mucho. Cinco o seis sábados después de salir a cenar con otras parejas. Cinco o seis trámites que había que cumplir. Y hasta la próxima vez. En los últimos tiempos el sexo no era mucho y tampoco era bueno. No recuerdo cuánto tiempo estuve sin tener un orgasmo y si tuve alguno tampoco lo recuerdo. Después de dejarlo con Luisma tenía miedo a no saber besar. Ése era mi mayor miedo antes de estar con otro tío. Como cuando eres una adolescente. Hacía mucho tiempo que Luisma y yo no nos besábamos como se besan las personas que se desean. Es triste que alguien no sepa besar con más de treinta años, pero es más triste que se le haya olvidado.

Sevilla me parece una ciudad preciosa y aunque nos pasemos la mayor parte del tiempo en un plató que está en un polígono industrial a las afueras de la ciudad, por las noches cenamos por el centro y ya tengo fotos en la Giralda, la Torre del Oro, la Catedral y la Maestranza.

Los cástings de los niños artistas avanzan con la crueldad normal. Niños riquísimos que no saben cantar, niños espantosos que sí saben, madres que protestan porque dicen que el jurado ha cometido una injusticia con su hija, la hija que acaba llorando, la abuela que se emociona al ver a su nieto bailar *El lago de los cisnes.* Lo normal. Llevo tres días aquí y con tanto niño, echo mucho de menos a los míos. Me acuerdo de ellos, pero también me acuerdo de mí cuando era pequeña y de mi madre y de María. En la mayoría de los casos las madres que llevan a sus hijas a hacer un cásting para que salgan en la tele cometen un error. La mayoría no son objetivas y piensan que su niña tiene algo especial que casi nunca tiene. Otras madres ven en sus niñas una oportunidad para ganar un dinero fácil que les saque de ese lugar en el que no quieren seguir. Muchas simplemente lo hacen para que vivan una experiencia. Lo que sucede casi siempre es que el dinero nunca llega y la experiencia suele ser frustrante. Salvo excepciones, los cástings no son una buena cosa para un niño. A mí las madres que llevan a sus hijas a hacer una prueba me caían muy mal, me provocaban un gran rechazo y yo, que nunca discuto en el trabajo, siempre que tenía que trabajar en un cásting infantil acababa a gritos con más de una. Era un problema que tuve que hablar con Lourdes, mi psicóloga.

—Esas madres humillan a sus hijos, los utilizan como mercancía.

—¿Tú crees que los humillan?

—Por supuesto. Ponen en ridículo a los niños y a las niñas pensando que van a salir de pobres.

—¿Tú crees que es para eso?

—Si no es para ganar dinero, lo que querrán es que su niñita sea famosa para presumir delante de las vecinas.

—¿Tú crees que no hay ninguna otra razón?

—No hay razones que valgan. Joden a las niñas obligándoles a hacer cosas que en el fondo no quieren hacer.

—¿Tú crees?

—¡Joder, Lourdes! Deja de preguntarme si creo lo que creo. Te lo estoy diciendo: detesto a esas madres.

—Vale, vale. Es que a mí hay algo de esas madres que me gusta.

—¿Cómo?

—¿Tu madre te hubiera llevado a ti a un cásting?

—¿Y eso qué tiene que ver?

—Tú bailabas bien, te podría haber llevado.

—En mi época no había cástings.

—¿Te habría llevado o no?

—No.

—¿Por qué?

—No lo sé.

—No te habría llevado porque, según tú, tu madre pensaba que eras una niña gorda.

—Un poco gorda sí estaba, la verdad.

—La diferencia es que esas madres que tanto detestas creen que sus hijas son maravillosas.

Desde que llegamos estoy evitando a Miguel. Durante el día le veo poco y lo que hablamos tiene que ver exclusivamente con los cástings. Por las noches, cuando cenamos todo el equipo, me siento en el otro extremo de la mesa para no coincidir. Sé que tengo que hablar con él, pero todavía no es el momento.

Llevo tres noches en Sevilla y las dos primeras me sirvieron para leerme unas cuantas revistas. Para mí, devorarme el *¡Hola!* sola en la cama antes de dormir es uno de los mayores placeres de la semana. Anoche, sin embargo, dediqué la media hora antes de dormir a otro tipo de placer igual de solitario. Hacía meses que no lo hacía y era ya más una cuestión de necesidad. Estaba a punto de quedarme dormida cuando escuché que una redactora que duerme en la habitación de al lado llegaba con compañía. Las risas mientras abrían la puerta me desvelaron y aunque al principio me enfadé un poco, me pareció divertido escuchar lo que sucedía al otro lado del tabique. Intentaba a través de las voces averiguar quién era él, porque seguramente se trataría de alguien del equipo, pero no lo identifiqué. Las voces y las risas cesaron y después de unos minutos de silencio en los que supongo que andarían en los preliminares, volví a escuchar a la redactora.

Primero bajito, luego un poquito más alto y después gritando sin complejos. Fue corto, pero de final muy intenso. Después otra vez el silencio y a los pocos minutos otra vez los jadeos de la redactora, que iba definitivamente a por el segundo. Que a él no se le oyera me hacía imaginar lo que ocurría y esa imagen me excitaba mucho. Cuando la redactora por fin tuvo el segundo, lo mío tampoco tenía ya vuelta atrás. Muy poco después mi vecina empezó otra vez, pero ahora los jadeos también eran de su amigo. La cama empezó a moverse y a golpear con un ritmo acompasado en mi tabique. El mismo ritmo cogí yo y no lo abandoné hasta el final. Fui la primera en terminar, después acabó la redactora por tercera vez y después el chico. Lo de anoche fue lo más parecido a un trío que he hecho en mi vida. El amigo sin identificar se fue pronto de la habitación y me dieron ganas de salir yo también a la puerta para despedirle. Me lo pasé tan bien que me he activado para esta noche y estoy deseando que me salga un plan.

Esther quiere que hoy pasemos del equipo de la productora y nos vayamos las dos a cenar a un restaurante argentino con dos amigos suyos que vienen esta noche desde Cádiz. En realidad, ella conoce sólo a uno de ellos, con el que se acuesta un par de veces al mes. El otro es un amigo que viene para que seamos pares. Todo muy evidente. El amigo del amigo, según Esther, debe de ser un cañón. No tiene ninguna prueba, salvo que practica surf en Tarifa. «Nena», me dice, «¿tú has visto alguna vez a un surfero que no esté bueno?».

Mientras me maquillo para salir esta noche con el amigo surfero del amigo de Esther vuelvo a pensar en mi hermana María. Ha pasado un mes desde su muerte y me acuerdo de ella mil veces al día, mientras trabajo, cuando me río, cuando me enfado, al jugar con los niños. Su recuerdo y mi tristeza están ahí todo el rato, pero cuando verdaderamente me parece estar con ella es mientras me maquillo cada día delante del espejo. Es casi una alucinación y durante ese ratito no estoy triste. La raya de mi ojo se la pinto a ella, mi corrector corrige sus ojeras y mi pintalabios intensifica el rosa de los suyos. Ese rato de locura me asusta un poco, pero me gusta tanto que de momento no se lo voy a contar a Lourdes. No me lo vaya a fastidiar con la terapia.

Esta noche me apetece el plan de la cena de parejas y esa cita casi a ciegas con el surfero. Estoy guapa y más delgada porque en el último mes he perdido mucho peso. Me gustaría que María me viera con dos tallas menos, aunque si ella no hubiera muerto, no las habría perdido. Ese pensamiento no me deja nada bien. Ése sí tendré que hablarlo con Lourdes.

En mi vida no ha habido muchos hombres. Besé a tres chicos antes de conocer a Luisma. Les besé y me tocaron las tetas, pero no les dejé pasar a mayores. Yo, por supuesto, nunca toqué a aquellos tres adolescentes en ningún otro sitio que no fuera el cuello. María me enseñó que a los chicos hay que tocarles la nuca mientras les besas y eso hacía yo. Con una mano tocaba sus nucas y con la otra les impedía subir más arriba de los muslos y más abajo de mi ombligo. Eso era lo que había que hacer, no fuera a pensar el chico de los granos que yo era una cualquiera. El cuarto adolescente al que besé fue Luisma y con él estuve hasta hace un par de años.

Esa escasísima variedad de hombres la pagó Miguel, que fue el primero con el que estuve después de dejar a Luisma. Miguel y yo fuimos los últimos que nos quedamos en una fiesta final de no me acuerdo qué programa. Bebimos más de la cuenta y antes de que cerraran la discoteca nos enrollamos en uno de sus sillones. Después de un beso de lo más excitante me propuso ir a su casa. Yo acepté como mujer adulta e independiente que soy y allí que nos fuimos. En el taxi no paramos de besarnos y tocarnos. No me acordaba de la última vez que había estado tan excitada. A pesar de su cordón de oro en el cuello y su conjunto de pantalón de tergal marrón y su camisa de manga corta beige de cuadros a juego, Miguel era un hombre y en ese momento con eso era más que suficiente.

Hasta que salimos del taxi todo iba bien, pero cuando abrió la puerta de su casa y empezó a desnudarme nada más cerrar me puse muy nerviosa. Tanto que la excitación fue dejando paso a una especie de ataque de pánico que acabó en una risa compulsiva y estúpida que no podía controlar. El pobre Miguel pensó que me estaba riendo de él y paró cuando estaba a punto de desabrocharme el sujetador. Le dije que me disculpara, que estaba muy nerviosa, y él, amablemente, me dio un par de minutos de tregua. Cuando volvió a besarme el cuello, en vez de excitarme me hizo cosquillas y empecé otra vez a reírme, algo que a Miguel ya sí empezó a molestarle de verdad. Paró en seco y me invitó a sentarnos en el sofá para que me tranquilizara un poco. Pasaron los nervios, pero la relajación hizo más evidente que esa noche había bebido más de la cuenta y empecé a marearme un poco. El estómago se me fue revolviendo mientras Miguel ponía un poco de música. Intenté ocultar mi malestar para que él no pensara que yo era una imbécil, que en realidad era exactamente lo que estaba pareciendo. Él puso un CD que no recuerdo y se sentó junto a mí para reiniciar nuestro encuentro. Mi cabeza daba muchas vueltas, pero nada comparable a las que daba mi estómago. Miguel estaba a punto de acercarse de nuevo para besarme con su cara de bueno cuando todas las copas de más que había tomado esa noche se hicieron presentes en forma de vómito. Le puse perdida su alfombra, sus zapatos y sus pantalones de tergal marrones. Después empecé a llorar. Miguel tardó en rehacerse, pero lo hizo con dignidad. Sin decir nada, se levantó, cogió un cubo y una fregona y comenzó a recoger todo aquello mientras venía el taxi que me pidió por teléfono. Yo no paraba de llorar y de decir que lo sentía y él no paraba de decir que no me preocupara. Esa noche Miguel se portó conmigo como un caballero. Ésa y las otras que vinieron después.

Esther está llamando a la puerta de la habitación para irnos a cenar al argentino, yo estoy a medio vestir y todavía no he llamado a Sornitsa para que me dé el parte diario. Quiero hablar con los niños antes de que se duerman. Siempre que el teléfono suena en casa lo coge Pablo.

—¿Diga?

—Hola, Pablo. Soy mamá.

—¡No estás!, ¿sabes?

—Claro, cariño, sigo de viaje.

—¿Cuándo vienes?

—Pasado mañana.

—Hoy ha venido el abuelo y le he marcado un gol.

—Muy bien, cariño. Eres un campeón. Dile a Mateo que se ponga y acuéstate pronto que mañana hay cole.

—Hola, mamá.

—Hola, Mateo, ¿qué tal, cariño?

—Bien. Hoy ha venido el abuelo a vernos.

—¿Y qué tal?

—Ha jugado al fútbol con Pablo, pero luego se ha hecho mucho daño y se ha tenido que ir.

—¿Cómo que se ha hecho daño?

—Sí. Cuando me iba a enseñar a patinar me ha dicho que le dolía una pierna y que ya me enseñará otro día. Y le dolía mucho, mamá, porque se ha puesto a llorar.

—No pasa nada, hijo, seguro que ya se le habrá pasado.

—Yo le he dicho que se tome Dalsy.

—Claro, vida, entonces ya se ha curado.

Cuando cuelgo me pongo a llorar otra vez pensando en lo mal que lo está pasando mi padre. Esther me dice que si no me apetece no salimos, pero que el plan de los gaditanos me va a venir bien. Pronto me animo al escuchar a mi amiga. «Termina de arreglarte y píntate otra vez los ojos que esta noche se te tiene que correr algo más que el rímel».

No soy una gran lectora y eso me hace sentir un poco culpable. Cuando en cualquier conversación aparece el tema libros, no suelo estar a la altura. Lo que compro habitualmente son *best-sellers* y, siendo sincera, la mayoría no me los acabo. Además, los que logro terminar se me olvidan y a los pocos meses no me acuerdo ni de lo que iban. Naturalmente, conozco el nombre de los autores más importantes y suelo relacionarlos con sus obras, pero con eso aguanto un par de minutos de charla literaria. Transcurrido ese tiempo, desaparezco de la conversación, no vayan a notarse del todo mis carencias culturales. Así me pasé toda la noche en la cena del argentino: desaparecida. Esther, su amigo y el surfero se la pasaron hablando de libros. Lo último que yo me esperaba. Desde el último Premio Planeta hasta la poesía de Neruda, pasando por un montón de escritores de los que no me sonaba ni el nombre.

Yo permanecí escuchando casi todo el rato, poniendo cara de interés y con un poquito de nervios por si alguno me pedía mi opinión, por ejemplo, sobre los autores británicos contemporáneos que más me gustan. Las únicas frases que pronuncié durante toda la noche fueron, que yo recuerde, y por este orden: «No, ése tampoco lo he leído»... «Qué interesante eso que dices»... «Ponme más vino»... «Voy un momento al servicio» y «¿Por qué le llaman a esto bife de chorizo si no es chorizo?».

El surfero, tal y como suponía Esther, estaba bueno, como todos los surferos. Por lo menos aparente, buen cuerpo, delgado, moreno en febrero, la nariz perfecta, ojos claros y una calculada barba de tres días. Además de deportista, es culto y creativo, porque, según contó, su afición por la literatura no es sólo teórica y hace sus pinitos escribiendo poesía. Sobre el papel era el tipo ideal para una noche ideal. Lo que ocurre es que estábamos ya en los postres y el surfero no había mostrado por mí el más mínimo interés. Ni caso me hizo, ni un poquito de esfuerzo hizo por seducirme, ni una mirada, ni un detalle, ni una sonrisa. Son cosas que pasan.

Después de cenar propusieron ir a tomar una copa, pero yo dije que me iba al hotel a descansar. El surfero, como suponía, no se ofreció a acompañarme y prefirió continuar de marcha con ellos. Esther se despidió de mí con un beso que tenía más dosis de compasión de la que hubiera deseado. Llegué al hotel y me metí en la cama. Tenía la esperanza de que los ruidos de la habitación de al lado volvieran a inspirarme, pero en esta ocasión escuché a la redactora llegar a su habitación sin compañía. Nada terminaba de salir bien esta noche. Apagué la tele, apagué la luz, se apagaron del todo mis ganas y volví a sentirme sola. Me puse a llorar sin saber por qué lloraba. Si por mi soledad, por María, porque nadie follaba en la habitación de al lado, por mi padre, por pena, porque yo tampoco follaba, porque el surfero culto me había ignorado o porque me daba la gana llorar. Yo qué sé por qué lloraba, yo qué sé qué me pasa. Solo quiero estar bien... Y no me sale.

Esta semana tengo que pasarme por el estudio de fotografía a ver si hay algún trabajo. Me da igual que sea una sesión de ofertas para el Carrefour o una boda, pero este mes necesito más dinero para pagar el dentista de Mateo. Luisma ha puesto con un amigo una tienda de móviles que todavía no está dando demasiados resultados y lleva tres meses sin pasarme nada para los niños. Desde que conozco a Luisma, ha participado con distintos amigos en dos bares de copas, un videoclub, una empresa de mensajería y otra de limpieza. Los amigos con los que montó esos negocios dejaron de serlo, nunca ganó dinero con ninguno de ellos y cada vez que llegaba el momento del cierre le tenía en casa un mes deprimido.

Luisma es electricista de profesión, pero no le gusta. Sólo la ejerce entre un fracaso empresarial y otro y esos son los únicos meses en los que gana algo de dinero. Ahora vive con mis suegros hasta que la tienda de móviles termine de ser rentable. Entonces alquilará un pisito y me pagará la pensión de los niños, incluidos los meses que me debe. Como plan está bien, incluso si me lo creyera, pero como el primer pago del aparato de los dientes de Mateo hay que hacerlo este mes, necesito que me salgan un par de trabajos. El estudio me paga bien por cada boda que hago, aunque ellos luego les cobran a los novios el triple de lo que yo cobro. Yo me ocupo de seleccionar las fotos y entregarlas al estudio para que ellos monten los álbumes y cobren a los novios. Si retrato bodegones de ofertas (langostinos, berberechos, bragas, bicicletas...), me pagan por horas.

Alguna vez he pensado montármelo por mi cuenta, pero tendría que dejar el trabajo en la productora y hacer una inversión para un local, otra cámara, un ordenador y una impresora profesional que valen una pasta. Teniendo en cuenta los antecedentes de éxito empresarial de mi ex, es mejor no jugársela.

Desde el día del entierro de mi hermana no he vuelto a ver a mi cuñado Carlos y aunque no me apetece nada tengo que hacerlo. Me ha dejado algunos mensajes para que vaya a su casa a recoger un par de cajas en las que hay cosas para mí, sobre todo, fotos de familia, recuerdos, algunos descartes de las bodas que tanta gracia hacían a María. No tengo ganas de volver a su casa y tampoco creo que esté preparada para abrir esas cajas que me van a hacer más daño que otra cosa

Carlos y yo nunca nos hemos llevado bien y María y Luisma tampoco. La cosa es que Carlos y Luisma no se soportaban y cada una de nosotras nos poníamos de parte de nuestros respectivos maridos. Esa circunstancia, a pesar de lo que pudiera parecer, nunca nos afectó ni lo más mínimo a María y a mí en nuestra relación. Lo de llevarse mal con el cuñado era un poco forzado, creo que tenía mucho de pose para complacer a nuestros maridos hablando mal de su rival. Carlos humillaba a Luisma pavoneándose con su éxito y su dinero y Luisma se defendía metiéndose con el físico de Carlos y su singular cojera de ambas piernas.

Mi madre me ha acompañado a casa de María. Mejor pasar el trago acompañadas. Mi cuñado, bastante desaliñado para lo que acostumbra, nos abre la puerta. Es sábado y hoy no abre la clínica, pero son casi las dos de la tarde y sigue en pijama. Es la primera vez en mi vida que le veo sin afeitar y así debe de llevar algunos días. Me sorprende descubrir que tiene la barba con muchas canas, al igual que el pelo, todavía sin peinar. Mi madre se sorprende mucho al ver con ese aspecto al más elegante de sus dos yernos.

—¡Jesús, María y José! ¡Estás horroroso!

—¡Mamá, por favor! —intento corregir su falta de diplomacia.

La verdad es que ver a Carlos así es impactante. Parece un vagabundo que se ha colado en esa casa tan lujosa.

—Pasad, pasad. ¿Queréis tomar algo?

—No, tranquilo. ¿Cómo estás tú? —le pregunto.

—¡Horroroso! —interrumpe mi madre, que sigue a lo suyo.

—Estoy jodido, la verdad —dice Carlos mientras se sirve un whisky, que no debe de ser el primero de esta mañana.

—Ya sabes que puedes venir a casa cuando quieras.

—Sí, sí, claro. ¿Qué tal los niños?

—Bien, hoy se han quedado con su padre.

—¡Qué jodío Luis Mariano! Si en el fondo es él el que tiene suerte.

—Si no te apetece, podemos llevarnos las cajas y abrirlas en casa.

—No, no os preocupéis. Están en el armario de la habitación del centro de la segunda planta. Subid y quedaos todo el tiempo que queráis.

Carlos se queda en el salón apurando el whisky mientras mi madre y yo subimos por las escaleras de la casa hasta llegar a la habitación del centro.

La casa es preciosa, lo sigue siendo. Los muebles, los cuadros, las telas y las lámparas mezclan estilo clásico y moderno con mucha clase. Todo combina a la perfección, desde una antigüedad a una mesa de diseño, desde una alfombra persa a otra lisa verde pistacho, todo parece fabricado para estar en ese lugar concreto de la casa. A mí la decoración se me da peor y a mi casa no termino de cogerle el punto. Las cosas que me gustan en las tiendas luego no pegan en mi casa. Una jarra de agua roja, por ejemplo, en mi casa parece robada. La misma mesa de diseño que hay en el pasillo del chalet de María en la mía quedaría fatal. Debería empezar por el principio y pintar todo de blanco, alisar definitivamente las paredes, cambiar el tapizado de los sofás. Lo de mi casa debería ser un cambio radical.

En el armario semivacío de la habitación del centro hay dos cajas de cartón de rayas de las que se compran, no de las que sobran de cuando te traen la compra. Mi madre y yo las sacamos del armario, las ponemos encima de la cama y respiramos hondo antes de abrirlas. En las dos hay álbumes de fotos, bolsas de plástico con sobres dentro, algunos anillos sin aparente valor que recuerdo habérselos visto puestos hace años, algunos discos de vinilo, más sobres con fotos, en casi todas estamos juntas María y yo.

Mi madre y yo vamos vaciando las cajas sin profundizar en su contenido. Encima de la cama se van mezclando los álbumes, los sobres, los recuerdos de una y otra caja. Comprendemos que si nos ponemos a mirar con detalle todo aquello se nos hará de noche, así que decidimos recogerlo y llevarlo a mi casa. Al volver a guardarlo todo en las cajas, mi madre repara en una foto concreta que hay junto a otras en un sobre. La saca y en ella aparecen María, mi padre y una señora pelirroja. La foto es reciente. Mi madre mira la foto por delante, por detrás, la levanta buscando la luz de la ventana, la acerca y la separa de sus ojos. Desde luego, está sorprendida.

—¿Quién es? —me intereso por la señora de pelo naranja que hay en la foto.

—Una muerta.

—¿Cómo que una muerta?

—Es Maite.

—¿Maite? ¿Maite, la de papá?

Maite fue una amante que tuvo mi padre cuando nosotras éramos pequeñas y el principal motivo de la separación de mis padres. Mi madre lo descubrió cuando la Guardia Civil llamó por teléfono a casa un sábado por la tarde para comunicar que mi padre había tenido un accidente en la Nacional V, a la altura de Navalcarnero, donde solía ir a comprar vino. Cuando mi madre llegó al hospital, descubrió a través del atestado de la Guardia Civil que en el coche, un Seat 128 Sport blanco, viajaba también una mujer llamada Maite. Lo de mi padre no fue muy grave, sólo una pierna rota y una brecha en la cabeza, pero Maite se debatía entre la vida y la muerte. Ella era camarera en el bar de abajo de mi casa, al que mi padre bajaba cada día a tomar café. Mi padre fue dado de alta a los dos días, pero Maite no pudo superar las heridas del accidente y falleció una semana después en el hospital. Aunque en aquella época la mayoría de mujeres no tomaba ese tipo de decisiones, mi madre dejó a mi padre y nosotras nos convertimos en las primeras niñas de padres separados de nuestro barrio.

—Es imposible, mamá.

—Te digo que es Maite.

—Pero si estaba muerta.

—La verdad es que ha envejecido fatal.

Si mi madre llevaba razón, Maite seguía viva y seguía viendo a mi padre. Y lo más sorprendente es que mi hermana María lo sabía. Ahí están los tres sonriendo a una cámara con la catedral de la Almudena al fondo.

En mi familia no pueden pasar cosas así. Mi familia es una familia normal y éstas son cosas que sólo pasan en las películas. No es normal que mi padre esté liado con una pelirroja muerta durante años y yo no me haya enterado. No puedo creer que mi hermana lo supiera y no me lo contara. A lo mejor se enteró hace poco y no le dio tiempo a contármelo. El único que puede aclararlo todo es mi padre.

Llevo un tiempo distanciada de Esther. Desde el viaje a Sevilla estoy enfadada con ella. Lo que hizo no estuvo bien. No me gustó su comportamiento en la cena del restaurante argentino. Sabía que no estoy pasando por mi mejor momento y me dejó tirada por un tío con el que se podía haber acostado cualquier otra noche. Ahora la veo menos porque definitivamente se ha metido en el programa de sketches y ha dejado *Menudo Talento*, que así se va a llamar el programa de niños artistas.

A Esther la ha sustituido como responsable de guión un tal Roberto, que por lo que he podido observar estas semanas es un tipo que se lo tiene más creído de lo aconsejable. Habla muy alto y tiene demasiado afán de protagonismo, aunque al parecer es un guionista de prestigio. Eso dicen, aunque muy bueno tampoco será si está en *Menudo Talento*.

Estos últimos días ando peleada con medio mundo. No sólo estoy distanciada de Esther, también de Luisma, que me tiene harta con su falta de madurez y sus sueños de empresario. Para colmo, Sornitsa casi no me dirige la palabra. Cuando mi asistenta búlgara y yo nos enfadamos deja de llamarme «Clarra» y se dirige a mí como «señorra». El motivo de su enfado esta vez es que su sobrina

Ivanca quiere participar en *Menudo Talento* y pretende que yo hable con los jefes para ayudarla. Sornitsa no comprende que yo no puedo hacer nada, pero tampoco ha debido de reparar mucho en el aspecto de su sobrina. Ivanca tiene quince años, por lo que está dentro del límite de edad del concurso, que es hasta los dieciséis. Desde luego, es el único requisito que cumple para presentarse al programa. Ivanca medirá más o menos un metro cuarenta y cinco centímetros y debe de tener una talla 140 de sujetador. Tiene unas tetas tan grandes que te impiden mirarle a la cara con naturalidad. No se sabe bien en qué lugar tiene más vello, si en el bigote o en el entrecejo, pero ambas líneas de pelo forman dos rayas paralelas, una encima de sus ojos y la otra encima de sus labios. Los ojos los tiene bonitos, pero se pierden en un conjunto tan desigual. Es verdad que no canta mal, pero en búlgaro, porque en español mezcla las palabras y pronuncia con tantas erres que las canciones parecen una bronca: «¿Qué serrá, qué serrá, qué serráááá? ¿Qué serrááá de mi viiiida, que serrá?».

A pesar de eso tendré que ceder y llevarla al cásting porque que Sornitsa esté enfadada conmigo no es algo menor. En teoría, yo soy la jefa, pero ella podría vivir sin mí mucho mejor que yo sin ella. Ojalá no me despida.

El enfado de Sornitsa, el distanciamiento de Esther, los impagos de Luisma y, sobre todo, el engaño de mi padre me tienen descolocada. No sé qué me molesta más: que no me contara lo de su amante o que se lo contara a mi hermana. Él nunca había hecho diferencias entre nosotras. Yo pensaba que eso era exclusivo de mi madre. Desde luego, tengo que hablar con él porque creo que merezco una explicación, pero antes de hacerlo necesito ver a Lourdes para contarle mis novedades familiares. Mi psicoanalista no es argentina, como casi todas, sino de Burgos. Debe de rondar los cincuenta, es altísima, suficientemente guapa y muy elegante. Al principio parece bastante distante para ser psicoanalista, aunque lo normal para ser de Burgos. Siempre va con ropa ancha, pantalones y camisas que parecen de hombre. Es morena, tiene los ojos grandes, la piel blanca y unas ojeras marrones que no consigue disimular bajo el maquillaje. Lo único que lleva en la cara, y no siempre, es una levísima raya en el ojo. Ahora estoy en el diván y ella está, como siempre, detrás de mí con el cuaderno azul en el que apunta mis sueños.

—Tú dirás qué es eso tan importante...

—Mi padre tiene una amante.

—¿Y?

—Que su amante estaba muerta.

—¿Qué?

—Que mi padre tiene una amante.

—Eso ya lo has dicho. Además, no es la primera vez que tiene una amante.

—Sí es la primera vez, porque es Maite.

—¿Maite? ¿La de cuando vosotras erais pequeñas?

—Esa misma.

—Pero si murió en un accidente.

—Pues ha resucitado.

—¡Cuenta, cuenta!

Hablamos de los detalles de la foto y me paso un rato especulando sobre qué pudo ocurrir. Desde que la descubrí he fantaseado con todo tipo de historias, hasta que mi padre pudiera ser un espía en una misión secreta que no puede desvelar su identidad y que a lo mejor Maite es una agente antiterrorista. Lourdes lleva media hora escuchándome y sé que está a punto de interrumpirme.

—¿Y tú cómo te sientes?

—¡Y yo qué sé cómo me siento!

—¿Engañada?

—Engañada y de mala hostia.

—Por ahí vamos mejor.

Aunque todavía tardo demasiado, con Lourdes ya soy capaz de expresar mi estado de ánimo. Me ha costado dos años de tratamiento, a dos sesiones por semana, decir que estoy triste cuando estoy triste, asustada cuando estoy asustada, contenta cuando estoy contenta y de mala hostia cuando estoy como ahora mismo. Le cuento que estoy rabiosa con mi padre, con mi hermana, con la tal Maite, a la que no conozco, y hasta con mi madre, que en esta ocasión no ha hecho nada, pero como es mi madre, con ella siempre estoy rabiosa.

—No sé por qué mi padre no me ha contado que Maite estaba viva.

—¿Por qué crees que no lo ha hecho?

—Porque no me toma en serio. Nadie me toma en serio.

—Yo sí te tomo en serio.

—A ti te pago. No cuentas.

—¡Sí que estás enfadada, sí!

—Perdona, Lourdes. Siento lo que acabo de decir.

—No importa.

—Es que mi familia nunca me ha tenido en cuenta. He sido la gordita, la pequeña, la pobre, la hija a la que hay que ayudar porque sola no puede... Por eso mi padre eligió a María para contarle su secreto. María siempre ha sido la elegida para todo...

—Tenemos que ir terminando. Es la hora.

—Siempre igual con la puta hora en el momento en que me salen las cosas.

—Así tiene que ser.

La segunda vez que estuve con Miguel fue en realidad la primera. De eso hace ahora casi un año. Poco después de nuestro primer encuentro recibí un mensaje en el móvil que decía: «Nuestras relaciones sexuales sólo pueden mejorar, je, je. Me gustaría verte, besos, Miguel». Desde el día de mi vómito en el salón nos habíamos cruzado varias veces en la productora, pero en ningún momento habíamos hablado del tema. Nunca hasta ese mensaje. Me gustó su forma de quitarle trascendencia a nuestro penoso encuentro y decidimos que había llegado el momento de olvidarlo tomando algo después de salir de la productora. Era un viernes como cualquier otro y nos fuimos a cenar a la plaza de Santa Ana.

Miguel no es mi tipo, pero hace que las cosas sean fáciles. Ésa es su principal virtud. Yo no tenía nada superado el desastre de nuestro anterior encuentro, pero él logró que poco a poco me fuera relajando y para los postres ya le había quitado toda la importancia al episodio del vómito. Tan bien lo hizo que a lo mejor me relajé demasiado. «La verdad», le dije, «aquellos pantalones de tergal eran horrorosos». Menos mal que se lo tomó como una broma, aunque no lo era tanto.

Fuimos a tomar una copa a un bar de la zona en el que ponen flamenquito, que es una manera absurda de denominar al flamenco que no es flamenco. Miguel se sorprendió al verme bailar y a mí me encantó que le gustara. Bailando una rumba me dieron unas ganas incontrolables de besarle. Lo hice y me siguió. Me apetecía acostarme con él. Me apetecía acostarme, por fin, con alguien que no fuera Luisma.

Esta vez no hubo que coger un taxi porque Miguel había llevado su coche. Me alegré de que lo hiciera. Y más aún de que fuera automático. Con la mano izquierda manejaba el volante y con la derecha empezó a subirme muy despacio el vestido. Tenía una falda larga que dejó a la altura de mis muslos antes de separarlos con suavidad. Dejó las piernas separadas, pero no abiertas. Eso prefirió que lo hiciera yo. Puso su palma en mi pierna izquierda, que era la que tenía más cerca, y fue subiendo poco a poco hasta llegar casi a mi ingle. Después fue buscando muy despacio el centro de mi anatomía y justo ahí detuvo su mano. Con un movimiento suave hacia los lados presionó mis muslos, invitándome a que los abriera un poco más. Con todo mi espacio para él, deslizó su mano hacia mi vientre y desde allí la metió por el interior de mis bragas. Nada más tocarme sin tela de por medio junté las piernas con fuerza y atrapé su mano entre mis muslos. Allí permaneció hasta que Miguel tuvo que sacarla para aparcar justo en la puerta de su casa.

Salimos del coche y subimos. De nuevo la misma escena al cerrar la puerta. Miguel comenzó a besarme y sin parar de hacerlo me fue llevando hasta su habitación. Nos desnudamos con desorden y torpeza. Yo debería haberme quitado el vestido por abajo, pero decidí hacerlo por arriba y él tomó una decisión equivocada al intentar quitarse los zapatos sin desabrocharse los cordones. Lo que hacen los nervios. De repente, yo tenía uno de mis brazos hacia arriba pegado a mi cabeza y el otro hacia abajo sin espacio para salir. Él daba saltitos a la pata coja sobre su pierna derecha mientras intentaba quitarse el zapato de la izquierda con los pantalones medio bajados. Finalmente yo utilicé la fuerza para salir de aquel vestido y Miguel la inteligencia para sentarse a los pies de la cama y allí desabrocharse los cordones.

Desnudos sobre la cama, nos besamos. Qué sensación tan extraña me produjo abrazar un cuerpo distinto al de Luisma. Después de tantos años con una misma persona es como si su cuerpo fuera casi una parte del tuyo. Estás acostumbrada a sus formas, a su tamaño, a su olor. Cuando tocas a alguien distinto parece que tocas por primera vez. Ese día con Miguel todo era para mí como la primera vez. Estaba nerviosa, con esa excitación que convierte el deseo en una ansiedad que no permite disfrutar. Preocupada por quedar bien, porque sin ropa no se notaran demasiado mis kilos de más, ni mi experiencia de menos. Estaba tan pendiente de tantas cosas que a ratos me olvidé de mí. Me comporté como una amante comedida, quizá demasiado. Él tampoco demostró gran cosa. Me dejé hacer sin participar apenas y acabamos en la más tradicional de las posturas. De esa manera, con él encima y yo debajo, empezamos y terminamos la relación. Aunque terminar, lo que se dice terminar, el único que terminó fue él. No me importó. Era lo más normal en esas circunstancias y más tratándose de mí, que en ese momento ni me acordaba de lo que era tener un orgasmo después del último año que había pasado con Luisma. Estaba acostumbrada a resignarme, pero lo del coche con Miguel prometía mucho más de lo que fue. Después de esa noche, el realizador y yo nos vimos algunas veces más en su cama sin que la cosa mejorara mucho. Fueron un par de meses de encuentros hasta que Miguel se fue del trabajo y yo dejé de llamar. A pesar de todo, la relación —el lío, para ser precisa— que tuve con él me hizo sentir que no era tarde para volver a ser deseada.

Estoy deseando contarle a Esther lo de la amante de mi padre. Va a alucinar. Eso sí, antes tenemos que hablar de lo que ocurrió en Sevilla. Ella ya sabe que estoy enfadada porque la pasada semana me llamó varias veces y no le cogí el teléfono. Hoy, después de la consulta con Lourdes, he decidido llamarla yo para quedar a comer y dejar las cosas claras. Al fin y al cabo, es mi mejor amiga y a las amigas hay que decirles las cosas aunque duelan.

—Estoy muy enfadada contigo por lo que me hiciste en Sevilla.

—¿Que tú estás enfadada conmigo?

—¡Por supuesto! ¿Tú crees que es normal que te fueras con ellos y a mí me dejaras sola?

—Pero si la que se marchó al hotel fuiste tú.

—¡Venga, Esther! No puedes dejar tirada a una amiga por un tío.

—¿Tú cuántos años tienes? ¿Quince?

—Ni tú ni tus amiguitos me hicisteis caso en toda la noche.

—Fuiste tú la que casi jodes la cena con tu actitud.

—¿Yo?

—¡Sí, tú! Fuiste bastante maleducada con el surfista. Te pasaste toda la cena poniendo cara de aburrimiento cada vez que abría la boca.

—¿Pero qué dices? Si fue él el que me ignoró.

—¿Qué querías que hiciera? Si hasta te reíste de él cuando dijo que escribía poesía.

—¿Me reí?

—Joder, Clara. Te reíste en su cara.

—La verdad es que no me di cuenta. Yo pensaba que...

—El chaval se fue un poco hecho polvo.

—¡Pobre!

—No pasa nada. Ya te disculpé contándoles que estabas en tratamiento psiquiátrico.

—¡Qué cabrona! ¿Y qué te dijeron?

—Que les debería haber avisado antes de quedar a cenar con una loca.

—¡Con razón!

—Ya, pero ellos deberían haber avisado de que el surfero era gay y así no te hubieras hecho ilusiones.

—¿Era gay?

—¡Joder, Clara! Si lo dijo en la cena.

—Me parece que esa noche no me enteré de nada.

—Deberías prestar más atención a la gente que te rodea. Te evitaría disgustos.

Esta tarde he ido con los niños a ver a mi madre y la he encontrado muy mal. Descubrir el engaño de mi padre le ha afectado más de lo que podía imaginar. Al principio ha intentado convencerme de que lo que hiciera «ese señor» —así ha llamado a mi padre— le tenía absolutamente sin cuidado, porque al fin y al cabo hace casi treinta años que se separaron. Esa indiferencia le ha durado hasta que se ha puesto a llorar sin consuelo posible. Mi madre no ha llamado a mi padre para preguntarle por la foto porque, según ella, no piensa volver a dirigir la palabra a «ese señor» nunca más en la vida. Yo he quedado con él para verle mañana después del trabajo y he prometido a mi madre contarle todas las explicaciones que me dé. Al fin y al cabo, ella y yo formamos en esta historia el equipo de las engañadas. Mi padre no sabe de qué vamos a hablar. No he querido anticiparle por teléfono lo de la foto porque prefiero pillarle por sorpresa. A ver qué dice cuando la tenga delante.

Mi madre ha pasado la tarde sin hacer demasiado caso a Mateo y a Pablo, que no han parado ni un momento de enredar por toda la casa. Está triste y sospecho que debe de estar tomando algún tranquilizante por su cuenta porque a ratos la he visto un poco ausente. Creo que sería bueno para ella un poco de compañía y le he propuesto que venga a casa a pasar una temporada con nosotros. No sé si es buena idea, porque mi madre y yo viviendo juntas con dos niños en setenta metros cuadrados es una aventura de final incierto, pero creo que sería bueno para ella y debo convencerla. Me estoy haciendo mayor. Es algo que sientes justo cuando descubres que tu madre necesita tu ayuda. Ese día tu vida cambia definitivamente y no hay vuelta atrás. Las madres no pueden ser vulnerables, no pueden estar desprotegidas. Ellas deben saber siempre qué hacer y en qué momento para solucionar los problemas. Las madres no son mujeres, las madres son madres. Así es hasta un día en el que todo cambia y eres tú la que tienes que ayudar. En ese momento te toca a ti ser mayor y te pilla desprevenida. Estás sola, no hay red para equivocarse y da mucho miedo. Mi madre, de todas formas, no acepta la invitación, aunque me promete que irá por lo menos tres tardes a casa para estar con los niños. Ella sabe igual que yo que nuestra convivencia sería muy difícil, pero estoy segura de que mi ofrecimiento le ha gustado.

Es hora de marcharse y después de despedirse de los niños me ha abrazado con fuerza y me ha dado un beso en la mejilla con una ternura que no recordaba. Después ha metido algo en el bolsillo de mi chaqueta. Es un cheque de mil quinientos euros.

—¿Y esto?

—Eso son mil quinientos euros.

—¿Y para qué?

—Para el aparato de Mateo.

—Ni hablar.

—Lo coges y punto. Es un regalo de su abuela y no hay más que hablar.

—Bueno, pero te lo devuelvo en cuanto haga unas cuantas bodas.

—¿Qué vas a devolver? ¿Para que está una madre si no es para ayudar?

—Dame otro beso.

La selección de los niños que participarán en las galas finales de *Menudo Talento* está casi terminada. La única novedad en el trabajo ha sido Roberto, el guionista que sustituyó a Esther, al que han nombrado director del programa. Ahora ya entiendo por qué un guionista de prestigio había aterrizado en un programa así y era porque venía para dirigirlo. Todo el mundo está encantado con él. Es simpático y gracioso, pero con un punto de tío distante que le proporciona magnetismo. Es difícil dejar de mirarle. Me parece que ya no habla tan alto y que no tiene tanto afán de protagonismo como creía los primeros días que empezó a trabajar.

En lo que sí acerté es en que se lo tiene un poco creído, aunque tiene motivos porque físicamente no está nada mal, hay que reconocerlo. Es alto, flaco y moreno. No es guapo, pero tiene unos ojos oscuros y grandes que hacen que eso no sea un problema. Me gusta cómo mira. La que más se ha fijado en él, o mejor dicho, a la que más se le nota, es a Carmen, la jefa, que desde que Roberto está trabajando con nosotras tiene un comportamiento de adolescente que le quita toda la seriedad que se le debe exigir a una productora ejecutiva, que es como se denomina su cargo. Últimamente no está casi nunca en su despacho y se pasea por las mesas de la productora haciéndose la jefa superenrollada, diciendo frases como «Hola, chicos, ¿cómo habéis pasado el finde?» que no la dejan en muy buen lugar. Está claro que su único objetivo es llamar la atención de Roberto, aunque yo sospecho que él está más pendiente de su nuevo trabajo como director que de liarse con nadie del programa. Y si lo hiciera, no sería con ella, porque de la única que le he notado pendiente es de una niña de redacción de veintiséis años muy rubia y muy estupenda. Carmen es una buena tía y yo le tengo aprecio, pero es la jefa y no tengo la suficiente confianza como para advertirla de que no va por buen camino.

Roberto y yo nos llevamos bien, aunque no tenemos apenas relación. Se sienta enfrente porque sigue ocupando el sitio de Esther, pero no me presta demasiada atención. Eso sí, es muy educado cada vez que me llama de otra manera. Yo he sido para él Laura, Lara, Carolina, entre otros. «¡Clara!, eso, ¡Clara!, perdona, es que soy fatal para los nombres».

Con la ayuda de mi madre he podido ponerme un poco al corriente con Sornitsa, a la que debía ya mes y medio. Mi asistenta búlgara está de mejor humor conmigo desde que llevé a Ivanca a *Menudo Talento,* aunque, como era normal, no fuese seleccionada. Le dio igual, lo importante para ella era que yo le hiciera el favor, aunque el cásting de su sobrina fuera un desastre. La niña, además, está encantada porque su prueba, en la que cantaba el *I Will Survive* de Gloria Gaynor embutida —qué término tan preciso— en un vestido rojo largo de licra, salió, como era normal, en todos los programas de zapping, dando a la niña velluda cierta notoriedad en su barrio.

Sornitsa ha vuelto a llamarme «Clarra». Ella puede estar a favor o en contra de todo lo que hago y muestra su aprobación o reproche con una simple mirada o con alguna palabra en búlgaro que, por supuesto, sabe que no entiendo. Sospecho que Sornitsa es una de las personas que mejor me conoce.

—¡Clarra, vas guapa a trabajo últimos días!

—Como siempre, ¿no?

—Gustarte alguien en trabajo, segurro.

—¡Qué va!

—¿Un compañerro?

—¡Que no!

—Cuidado, Clarra, que en trabajo hay que trabajar.

—Pero si no es nadie.

—No es nadie, perro ten cuidado. En trabajo deber trabajar.

—¿Y tú qué, no trabajas?

—Erra sólo consejo.

Sornitsa se sabe toda mi vida. La mayor parte se la he contado yo y la otra la ha adivinado ella. Estoy segura de que es un poco bruja porque no es posible que haya descubierto que me gusta alguien del trabajo simplemente porque últimamente me arregle más. ¿O sí? Me miro al espejo y me doy cuenta de que voy demasiado maquillada y vestida como para una fiesta. Me apetece estar guapa, a ver si Roberto por lo menos recuerda mi nombre sin titubear.

He quedado con mi padre en una cafetería cercana al trabajo y he decidido ir caminando. Llevo dentro del bolso la foto en la que él aparece junto a mi hermana y la señora pelirroja con la catedral de la Almudena al fondo. Mientras llego voy pensando en cómo he de comportarme. Tampoco sé muy bien cómo estoy. Hay veces que no reconozco del todo mi estado de ánimo. No sé si será por la conversación con Lourdes o porque ya han pasado algunos días, pero de repente no me sale el enfado que en teoría debería tener con mi padre. Estoy a punto de llegar a la cafetería, ya veo el letrero y lo que tengo ahora es más curiosidad por saber qué pasa con la tal Maite que de reprochar nada a mi padre. Me pasa también cuando se supone que debo estar muy contenta, que cuando llega el momento y no tengo ese sentimiento lo que hago es exagerarlo para que no se note. Eso lo hice en mi boda, que fue la más aburrida que yo recuerdo, y mira si habré ido a bodas. Luisma y yo contratamos un banquete para ciento cincuenta personas, pero nos equivocamos en las previsiones y asistieron cincuenta y ocho, nosotros incluidos. El salón, tan hortera como cualquiera, con sus lámparas de lágrimas y sus apliques con forma de candelabro, estaba tan desangelado que había eco. Al llegar el baile, los pocos que bailaron lo hacían por compromiso y sin ningún entusiasmo, salvo el tío Tomás, un primo de mi padre que es «el bromista de la familia». En todas las familias hay un tío que es un pesado, impertinente, paleto, salido, machista y sin ninguna gracia al que se le considera «el bromista de la familia». Con el tío Tomás me pasé toda la boda fingiendo estar contentísima, bailando pasodobles y congas y sin parar de gritar «¡Yuju, yuju!» y «¡Alegría, alegría!».

Mi padre está sentado en una mesa tomando, como siempre, un café solo. Llego con cara de muy enfadada y después de un beso y un escueto «¡Hola!», saco la foto del bolso y se la pongo delante:

—¿Me puedes explicar qué es esta foto?

Mi padre bebe de su taza como queriendo ganar tiempo para responder.

—¿De dónde la has sacado?

—Estaba en casa de María.

—¿Y había más?

—Sí. María tenía una caja con muchas fotos.

—¿Las has visto todas?

—No he tenido tiempo. ¿Qué más hay que ver?

—Maite no murió en el accidente. Mentí porque en aquel momento pensé que era la única forma de que tu madre me perdonara. Después ya no pude rectificar.

—¿Dijiste que Maite estaba muerta para seguir con mamá?

—Aquello fue una estupidez que no sirvió para nada. Tu madre me dejó de todas formas.

—¿Y qué pasó con Maite?

—Se recuperó y nos seguimos viendo.

—¿Durante todos estos años?

—Sí. Nunca nos hemos dejado de ver.

—¿Y quién lo sabía?

—Nadie hasta hace muy poco. Maite estaba casada y yo había dicho que estaba muerta. No era una historia fácil de contar.

—¿Estaba casada?

—Sí, pero su marido murió el año pasado. Maite vive en Barcelona con sus hijos.

—¿Tiene hijos?

—Dos. ¿Seguro que no has visto más fotos?

—No he visto nada. ¿De qué fotos me hablas?

—Es que...

—¿Desde cuándo lo sabía María?

—Desde finales del verano pasado. No te lo contó porque le pedí que no lo hiciera. Quería hacerlo yo, pero nunca veía el momento.

—Y si no llego a encontrar esta foto, me quedo sin saberlo.

—Te lo iba a contar después de Navidad, pero al morir María tuve que esperar.

—Y yo pensando que eras un espía en una misión secreta.

—¿Qué?

—Nada, nada.

—Tienes que saber algo más.

—¿Que Maite es una agente antiterrorista?

—¿Cómo?

—Nada, nada. Continúa.

—Uno de los hijos de Maite es mío.

Hay noticias que una nunca está preparada para recibir. La que mi padre me acaba de dar me deja paralizada. En estos momentos deberían salir mis avances de dos años de tratamiento con Lourdes, todos los esfuerzos por conocerme a mí misma, pero no tengo ni idea de lo que siento, no sé qué decir. Hay noticias que no se sabe si son buenas o malas.

Me he marchado de la cafetería indignada y sin despedirme de mi padre, al que he dejado con la palabra en la boca. Regreso a casa caminando y estoy confusa, pero tengo una enorme curiosidad. La necesidad de saber más sobre el hijo de mi padre es el primer pensamiento claro de todos cuantos me pasan por la cabeza. ¿Qué edad tiene ese tío? ¿Se parecerá a mí? ¿Es mi hermano? No. Ése no es mi hermano. ¿Cómo es? A lo mejor también le sobran cuatro o cinco kilos. ¿Conocía a María? ¿Aparecerá en las fotos que hay en la caja? ¿Sabe él que mi padre es su padre? Yo de pequeña siempre quise tener un hermano... ¿Pero qué tonterías dices, Clara? ¿Y mi madre? ¡Joder mi madre cuando se entere! Prometí llamarla después de hablar con mi padre. ¿Llamo a Lourdes o primero llamo a Esther? ¡Verás cuando se lo cuente! ¿Cómo se llamará? A lo mejor se llama Fermín, como mi padre. Pero Fermín es un nombre absurdo. Ya nadie se llama Fermín.

Este sábado tengo doble sesión en el estudio. Tres horas por la mañana fotografiando bodegones de ofertas y una boda por la tarde. Con lo que saque me voy a poner al día de todo. Gracias a este extra y a la ayuda de mi madre voy a superar por el momento el agobio económico y a lo mejor puedo comprarle a Mateo la maquinita esa de videojuegos que tienen todos sus amigos.

—¡Mamá, quiero una DS!

—¡Hijo, no tengo ni un duro!

—Mamá, ¿qué es un duro?

La mía es una buena edad, pero para según qué cosas pertenezco a otra generación. Mi hijo no sabe lo que es un duro y maneja Internet mejor que yo. Yo lo utilizo en el trabajo, pero luego no soy capaz de sacarle todo el partido que quisiera. No sé descargarme música, ni películas, y no soporto cuando alguien me dice: «¡Pero, mujer, si es muy fácil!». Esther me cuenta que ella ha tenido algunos rollos con tíos a los que ha conocido en la red, pero yo no estoy todavía familiarizada con esa nueva forma de comunicación. Hay cosas en las que tengo que ponerme al día.

Disfrutar del sexo a través de Internet es una de ellas; disfrutarlo en general es algo que poco a poco voy recuperando. Ya he sido capaz de acostarme con un tío que estaba casado, a las tres horas de conocerle, al que no he vuelto a ver y del que no recuerdo muy bien su cara. Todo a la vez. Del nombre sí me acuerdo porque se llamaba Charly, como el perro de una prima mía. Aunque no tenga demasiado bagaje para comparar, lo de aquella noche fue sexo del bueno. Ni con Luisma en nuestro mejor momento recuerdo que me sucediera nada igual.

Mi ex y yo tuvimos alguna época fantástica en la cama en la que llegamos a acoplarnos muy bien. Conocimos el sexo juntos y al otro y nosotros mismos casi a la vez. Aprendimos qué y cómo nos gustaba y a disfrutar dando placer. Íbamos a tiendas eróticas y poco a poco hicimos una colección interesante de aparatos para ambos, juegos con bolitas, esposas y antifaces, nos grabamos en vídeo algunas buenas actuaciones y lo hicimos mientras nos veíamos por la tele. Esto último le gustaba mucho más a él, porque yo en la tele me veía gordísima. Descubrimos que el cuerpo tiene más sitios que un sitio, que la nata no sólo puede comerse con fresas y que la cama es el mejor lugar únicamente algunas veces.

Yo creía que ya lo había hecho todo, que me había pasado todo, pero no. Después del lío de Miguel estaba dispuesta a conocer a más hombres. El camino había quedado abierto, existía vida después de Luisma y merecía la pena vivirla. El tal Charly me lo confirmó una noche del otoño pasado en un hotel de la Nacional II. Hay estudios que dicen que las mujeres tienen su esplendor sexual entre los treinta y los cuarenta y cinco años. Estoy de acuerdo. Tengo más ganas que nunca y cada vez disfruto más del sexo, incluso sola. Yo tardé bastante en descubrir el sexo en solitario y mucho más en practicarlo y disfrutarlo con normalidad. De eso no hace tanto. Aunque me da vergüenza reconocerlo, tenía más de veinticinco años cuando tuve mi primer orgasmo masturbándome. Nunca lo había logrado porque mientras lo hacía pensaba en cosas poco estimulantes como que mis padres, mis profesores o mis compañeros me estaban viendo. Supongo que cuando me tocaba lo hacía porque tenía ganas, pero como me daba vergüenza, me tocaba como sin querer tocarme. No debía estar sola mientras lo hacía, creo que a mi lado estaba todo mi pudor viendo aquel acto indecoroso y sin querer mirar. Debe de ser por eso que nunca era capaz de tocarme si no era por debajo de las sábanas y me parece que para hacerlo ni tan siquiera abría las piernas. Así no se puede.

Charly y un amigo nos entraron a Esther y a mí una noche después de haber ido las dos a un concierto de fados. Nos regalaron las entradas y decidimos aprovecharlas porque a las dos nos gustaban los fados, o eso creíamos nosotras hasta ese día. Los fados son bonitos, eso es indiscutible, pero de uno en uno y de vez en cuando. Treinta fados seguidos es algo verdaderamente insoportable. Esther y yo salimos del concierto con ansias de oír música estridente y acabamos en una discoteca de moda en la que es fácil encontrarse con muchos famosos.

Esther vio al amigo del tal Charly y con su mirada les invitó a que se acercaran. Después de un rato de conversación las parejas estaban hechas y el plan decidido. Esther se iba a un hotel con el amigo y me animó a que yo hiciera lo mismo con Charly. No sé si todavía estaba aturdida por los fados o es que me vi un poco obligada a no parecer una estrecha, pero el caso es que dije que sí.

Fuimos los cuatro a un hotel en las afueras en el que se alquilan habitaciones por horas. No se me olvidarán los números de las habitaciones, en el primer piso. Esther y su amigo en la 111 y el mío y yo en la 112. La primera media hora en la habitación bebimos un par de gintonics preparados del minibar y me ocupé de asegurar a Charly que yo no era una chica que se fuera la primera noche con el primero que encuentra. Eso no era propio de mí. No se fuera a pensar que yo era una cualquiera. Charly me escuchaba con poca atención y se le notaba que le daba exactamente igual lo que yo le contara. Después de mi charla me explicó que estaba casado, que seguramente no nos volveríamos a ver nunca más después de aquella noche y que lo único que quería era sexo. Tanta sinceridad me liberó y pensé que ya que estaba allí, habría que disfrutarlo.

No hicimos nada que yo no hubiera hecho antes, pero lo que me pasó jamás me había ocurrido. Casi a punto de acabar me puse encima para dominar yo misma el ritmo. El placer era total y tenía la seguridad de que el final sería por fin el que yo esperaba. Después del último año con Luisma y los incompletos encuentros con Miguel había que prolongar el momento para hacerlo más intenso. Charly no se agotaba y había que aprovecharlo. Seguí moviéndome y él me empujaba con sus manos en mis hombros cada vez más adentro. No sé en qué lugar de mi organismo tocó dentro de mí, pero con el orgasmo me desbordé. Literalmente. Había escuchado alguna vez en la tele que eso les sucedía a algunas mujeres, pero no podía imaginarme que yo fuera una de ellas. Me puse roja al sentir todo empapado, pero al momento me dio igual. Creo que Charly se sorprendió tanto como yo, pero se comportó como si eso le ocurriera a cada una de las chicas que estaban con él. Se fue satisfecho, con su orgullo de macho por las nubes y yo me quedé en la habitación a esperar una llamada de Esther, que seguía en la 111. Tengo una buena edad y aunque no domine Internet, sé que nunca es tarde para descubrir quién eres.

Mi padre no ha parado de llamarme desde que nos vimos en la cafetería, pero yo no se lo he cogido. Quiero que se preocupe. Para saber algo más he llamado a mi cuñado Carlos, que, como yo suponía, sí sabía lo del hijo de mi padre. Me ha contado que, a finales del verano pasado, María conoció al chico y a Maite, quien, al quedarse viuda, quiso conocernos a las dos para contarnos que teníamos un hermano. Según Carlos, mi padre tenía miedo a que yo me lo tomara mal y decidió que lo supiera primero María y después contármelo a mí los dos juntos.

El chico tiene veintiocho años y se llama Jaime, como su padre, el que le crió, el que murió sin conocer la verdad. O la mentira, según se mire. En la foto que encontré aparecían mi padre, María y Maite. El que la hizo debió de ser Jaime.

Echo de menos a María. Ahora mismo daría lo que fuera por discutir con ella. Estoy furiosa por no poder hacerlo. No puedo perdonarle que no me contara que mi padre tenía un hijo, que lo conociera y que no lo compartiera conmigo. Si María estuviera viva, ésta hubiera sido la bronca más grande de todas las nuestras. Que se haya muerto no puede ser una excusa para perdonarle que me ocultara una cosa así por mucho que se lo pidiera mi padre.

Ésa es otra, el maldito afán de mi familia de protegerme de todo para no hacerme sufrir. Siempre la pequeña, la que no estaría preparada para afrontar ningún problema. Tenía once años cuando tuve que decirles a mis padres un 5 de enero que no se esforzaran más con lo de los Reyes, que ya lo tenía claro, que ya lo sabía y que no pasaba nada. María también ha jugado toda la vida el papel de hermana protectora que lo sabía todo. Vale que ella hiciera las cosas mejor, que estudiara más, que fuera más delgada y que le saliera de maravilla el negocio de la clínica, pero había veces que se pasaba un poco de lista. Hasta me ha llegado a decir a mí lo que duele un parto. Ella era médico, pero yo he parido y ella no. Mi padre es abuelo gracias a mí, porque su hija mayor, tan ocupada en ser perfecta, no tuvo tiempo de tener hijos. A lo mejor es que los niños te dejan sin ese vientre plano maravilloso y te quitan tiempo para ir todas las tardes a fortalecer los glúteos al gimnasio ese que vale una pasta. Quizá es que limpiar los vómitos del bebé estropea las uñas y no dormir por las noches aumenta las ojeras. Ahora resulta que tenemos un hermano y no me lo cuentan ni ella ni mi padre porque tienen miedo de que me lo tome mal...

—¿Papá?

—¡Hola, hija! ¿Dónde estabas? Te he estado llamando.

—Ya lo sé. Es que no quería cogértelo.

—¡Vaya!

—Quiero que sepas que no voy a perdonarte nunca que no me contaras lo de Jaime...

—¿Ya sabes su nombre?

—Me lo ha dicho Carlos... Y quiero que sepas también que si María estuviera viva, tampoco le perdonaría. A ella todavía menos. Y quiero deciros que sois unos...

—Está bien. ¿Puedo hablar?

—Dime.

—Que llevas razón, que siento mucho no habértelo contado antes y no dejar que tu hermana lo hiciera en todos estos meses.

—¡Ésa es otra! Me ha dicho Carlos que María lo sabía desde agosto, pero ¿tú desde cuando sabías que tenías un hijo?

—Hace unos cuatro años. Maite descubrió por casualidad, a través de unas pruebas de ADN, que el padre de Jaime no era su marido. Así que tenía que ser yo.

—O no.

—Me aseguré haciéndome las pruebas. Además, en cuanto le veas se te quitarán las dudas. Se parece mucho a ti.

—¿A mí?

—Sí, aunque es pelirrojo.

—¿Tengo un hermano pelirrojo que se parece a mí?

—Sí, ¿qué pasa? Es la genética, que tiene mucha fuerza.

—Que los pelirrojos son gafes.

—¿Pero qué dices?

—Que sí. Yo siempre que veo a uno tengo que cruzar los dedos.

—Pues Maite es pelirroja.

—Pues eso.

—Pues eso, ¿qué?

—Que no quiero tener a estas alturas un hermano pelirrojo y punto.

—¿Ves como no se te puede contar nada?

Mi madre se ha tomado con cierta indiferencia lo del hijo de mi padre. Dice que a ella no le importa nada de lo que haga «ese señor», aunque conociéndola, sé que sólo es apariencia y que por dentro debe de estar hecha una furia. Por la edad de Jaime, es seguro que mis padres estaban juntos cuando mi padre dejó a Maite embarazada. Han pasado muchos años, pero hay cosas que no se perdonan. Además, sé que mi madre no pierde jamás un buen argumento para un reproche por mucho tiempo que haya transcurrido. Lourdes me ha dicho que he frivolizado demasiado la noticia de que tengo un hermano y que será mejor que comience a tomármela en serio. Esther coincide con ella, aunque también le ha hecho gracia eso de que sea pelirrojo. Me ha contado que cuando se ve a un pelirrojo no hay que cruzar los dedos, sino tocarse un botón. Es otra variante de la superstición. Mi amiga me ha recomendado que vaya cuanto antes a conocerlo y sé que tengo que ir, pero de momento no pienso hacerlo.

Estoy cansada de tanto estrés, han sido muchas cosas en pocos meses y me moriría por unas vacaciones. Sé que esta semana que comienza va a ser dura porque la empiezo hecha polvo. La boda del sábado terminó tardísimo porque los novios no empezaron a bailar el vals hasta la una de la mañana. Al final llegué a casa a las tres, y a las ocho tenía que ir a recoger a los niños a casa de los padres de Luisma.

Mi ex no le ha dado demasiada importancia a lo de Jaime. Creo que no me ha prestado mucha atención porque está muy ocupado con su negocio. Al parecer, la tienda de móviles no termina de arrancar y los problemas con su nuevo socio han comenzado a aparecer.

El domingo me lo he pasado en el parque con los niños y para rematar Pablo ha tenido pesadillas y me he tenido que despertar un par de veces por la noche, con lo que luego me cuesta volver a dormirme. Esta mañana no quedaban naranjas para el zumo, está lloviendo, me he dado cuenta de que tengo que depilarme con urgencia y además me he puesto mala. ¿Qué más se le puede pedir a un lunes?

En el programa hay tensión porque se nota que el estreno está muy cerca. Ahora es el momento en el que todo el mundo opina sobre el trabajo de los demás. La cadena que emitirá *Menudo Talento* no está de acuerdo con casi nada de lo que se ha hecho en la productora y hay que hacer bastantes cambios. Lo primero que van a quitar es al presentador que estaba pensado porque, según parece, no convence «arriba». No sé si sucederá en otros gremios, pero en la tele se emplea mucho el término «arriba» para hablar de los jefes de manera impersonal y así las decisiones equivocadas no tienen una autoría clara. Además del presentador, «arriba» quieren cambiar el cásting de niños porque dicen que falta un gordito. No puede haber un programa que se precie sin un niño gordito, que emociona más y sube la audiencia.

Roberto y Miguel están trabajando juntos y se llevan de maravilla. Creo que eso me pone nerviosa. Uno como director y otro como realizador están preparando las galas y se pasan el día juntos en el plató. Si cogen mucha confianza es posible que Miguel le cuente a Roberto que estuvimos liados y como entre en detalles estoy perdida.

Yo me pasaré los próximos días convocando a gente para cerrar definitivamente el equipo. Necesitamos cámaras, algunos redactores, contratar una nueva empresa para el sonido y mozos que hagan un poco de todo. Me gustan los programas cuando se están haciendo. Me sigue impresionando ver a tanta gente trabajando, muchas veces más de cien personas, y que cada una de ellas sepa lo que tiene que hacer. Son ésos a los que los presentadores felicitan cuando recogen un premio con eso de «gracias al maravilloso equipo que hay detrás de las cámaras y que ustedes no ven desde casa». Cuando escuche eso, no se lo crea, porque los presentadores tampoco los ven. Y si los ven, no les dan ninguna importancia. Lo que creen en el fondo es que los importantes de verdad son ellos, los que salen en pantalla. Puede ser aún peor si el presentador de turno añade con tono solemne lo de «sin ellos esto no hubiera sido posible». Si escucha esa frase, desconfíe para siempre de ese tipo.

Hay días que empiezan de buena manera, pero se tuercen a medida que van pasando las horas. Sin embargo, hay otros que como empiezan tan grises, sólo pueden mejorar. Poco antes de comer, Roberto me ha pedido que deje para otro momento la selección de personal y que recupere las fotos de todos los niños gorditos que fueron rechazados en el cásting.

—Si te parece, seleccionas tú los que más te gusten y los repasamos juntos esta tarde para llamar a un par de ellos y hacerles otra prueba.

—Sí, sí, claro.

—Gracias, Clara.

—De nada, Roberto.

—¿Todo bien?

—Sí, sí. Todo bien.

—Vale, pues después de comer nos vemos.

—Fenomenal.

—¿Te parece bien a las cuatro y media?

—Me parece una hora estupenda.

—Pues hasta las cuatro y media, Clara.

—Hasta luego, Roberto.

¿Por qué hoy precisamente no me he arreglado como lo hacía últimamente para venir a trabajar?, ¿por qué he tenido que volver a descuidarme y a coger los cuatro kilos que perdí?, ¿por qué no me depilé en su momento?, ¿por qué tengo tantas ojeras?, ¿por qué razón el tamaño de este grano de mi barbilla ha llegado hoy precisamente a su esplendor? Me he marchado a comer a casa para arreglar el desaguisado y no me ha dado tiempo a comer. No pasa nada, a ver si me desinflo un poco, que tengo la tripa superhinchada con la regla. Me he pintado y me he puesto la blusa rosa, que, según todo el mundo, me hace muy guapa. Aunque lleve pantalones no me siento bien sin depilar y en el grano no he querido intervenir porque como le meta mano va a ser peor el remedio que la enfermedad. De todas formas, en una hora he logrado mejorar sensiblemente mi aspecto.

De nuevo he vuelto a la productora a toda velocidad y me he puesto a buscar niños gorditos. No sé por qué, pero hay cuatro que me llaman la atención. Selecciono sus fotos, su actividad artística y recupero los vídeos de sus cástings. Son las cuatro y media en punto.

—Hola, Clara, ¿qué tal?

—Hola, Roberto, muy bien.

—¿Tienes eso?

—Sí. He seleccionado los cuatro que más me gustan.

—¡A ver, a ver...! Sí. Están bien, pero...

—¿Hay algún problema?

—No, no. Si están bien. Los críos son gorditos. Lo que pasa es que es un poco extraño...

—¿Qué es extraño?

—Que hayas elegido a los cuatro pelirrojos.

—¡Coño, pues es verdad! No me había dado cuenta.

—Yo cuando veo un pelirrojo me toco un botón.

—Yo es que no creo en esas cosas.

—Por si acaso.

Mi cuñado Carlos se ha cogido unas vacaciones en la clínica. Lo ha dejado todo a cargo del gerente y se va a tomar un año sabático. Me ha contado que no está bien y que le resulta insoportable ir cada mañana a la clínica sin María. Me parece que va a empezar por un par de meses en Nueva York y después va a viajar por todo el mundo. Antes de irse me dice que quiere solucionar el papeleo de la casa y que me necesita para ver qué hacemos. No sé a qué se refiere. No entiendo para qué me necesita Carlos a mí y de qué papeleo habla. Hemos quedado el viernes para comer y que me cuente.

Mi hermana y Carlos habían ganado mucho dinero desde que abrieron la clínica hace cuatro años. Ella no hablaba nunca de eso conmigo porque creo que no se sentía bien manejando algunas cifras tan alejadas de mi economía. Hay gente a la que le gusta decir lo mucho que cuesta cada cosa que compran, pero María nunca hablaba de cantidades conmigo porque le daba pudor. Las dos sabíamos que el precio de cualquier mueble auxiliar de su salón era superior al de todos los que había en mi casa, o que lo que cuesta su todoterreno es lo que yo gano en dos años con dos trabajos. Estaba tan claro que no era necesario decirlo.

Carlos ha mejorado algo su aspecto desde la última vez que le vi. Cuando entro en el restaurante ya me está esperando en una mesa del fondo. Se ha vuelto a afeitar, recuperando el brillo ese tan artificial de su cara rosita, y lleva traje, aunque sin corbata. Nos saludamos con cariño. Aunque dos personas no tengan muchas cosas en común, la pena une mucho y más aún si es por la misma persona. Carlos me cuenta por qué nos hemos encontrado.

—Ya sabes que María murió sin hacer testamento.

—Es normal. Nunca nos esperamos morir a los treinta y ocho años.

—El caso es que como teníamos bienes gananciales, la mitad de todo es de tus padres.

—¿Y eso?

—Eso es lo que dice la ley.

—No tenía ni idea.

—Si una persona muere sin hacer testamento y sin descendencia, los herederos son sus ascendientes.

—¿Sus ascendientes?

—Sus padres, vamos. Y por tanto, los hijos de éstos en el caso de haberlos. Es decir, tú.

—¿Yo?

—Sí, mujer. Si no deciden dárselo a un asilo, la única heredera de tus padres eres tú.

—Claro, claro.

—Yo no quiero nada que no sea mío, pero me gustaría venderlo todo lo antes posible para marcharme y si no llego a un acuerdo con tus padres, no puedo hacerlo.

—No creo que te pongan problemas.

—Ya, pero prefiero que se lo expliques tú. Por eso te he llamado.

—Claro, no te preocupes. Y perdona que te pregunte, ¿de qué herencia estamos hablando...? Por hacerme una idea, más o menos.

—Pues... el chalet, un apartamento en la playa en el que invertimos, la clínica y dos plazas de garaje que están alquiladas.

—¿Y eso cuánto es?

—No sé. Ahora no es buen momento para vender, pero calcula que unos tres millones de euros, menos dos aproximadamente que habrá de hipotecas y lo de hacienda... Más o menos unos cuatrocientos mil euros para cada parte.

Creo que uno de mis problemas ha sido siempre mi tendencia a simplificarlo todo. Para que todo encaje, en el mundo existen dos tipos de personas, las buenas y las malas. O se es de una manera o de otra, no hay término medio. Las primeras tienen buenos sentimientos y las malas no pueden tenerlos. En mi mente, que quiere simplificarlo todo, las personas estamos mal o bien; nos sentimos tristes o alegres. Así no hay dudas, que las dudas dan mucho miedo. Ese planteamiento es un error porque en la vida nada encaja nunca, es mentira. Nada natural tiene una forma concreta, no es de una única manera y mucho menos para siempre. Las personas somos complejas y no es posible hacer sencillo el lío en el que se ha convertido mi vida en los últimos meses. No pienso hacerlo porque yo no soy ni buena ni mala; ni estoy triste ni alegre y algunas veces no tengo buenos sentimientos. Tengo treinta y cinco años y un hermano nuevo que no quiero que exista, pero me muero por conocerle; soy una mujer adulta que se ha quedado colgada como una adolescente de un tío con el que no tengo ninguna posibilidad; todos los días me levanto con pena y todos los días hay algún momento en el que soy feliz; daría todo lo que tengo por poder besar una vez más a María, pero su muerte puede darme más de lo que nunca tendría. La única simplificación que me sirve ahora es que las personas están vivas o muertas.

Mateo tiene piojos y Pablo varicela. Ninguna de las dos cosas es grave, pero sí muy incómodas para ellos y para mí. Ninguno de los dos está yendo al cole y aunque está Sornitsa, cuando los niños se quedan en casa nunca me siento bien. Pablo ha pasado de cuarenta de fiebre tres o cuatro veces y no ha bajado de treinta y ocho en cinco días. Ya que el pequeño se tiene que quedar en casa, voy a aprovechar para dejar también a Mateo y despoblar su cabeza sin que al niño le dé vergüenza. No tanto por tener piojos, sino por el olor a vinagre que desprende todo el día. A mí me los quitaban con vinagre y así lo hago yo con Mateo, que no me fío de la eficacia de los productos nuevos que venden en las farmacias y que huelen tan bien.

Si los niños están en el colegio, yo me siento liberada, pero cuando están en casa y no estoy con ellos tengo cargo de conciencia. Es el chip que no termino de quitarme de la cabeza y en eso también me gustaría parecerme a un hombre. La conciencia en los hombres está mucho más avanzada que la nuestra para dos cosas fundamentalmente: el sexo y la paternidad. Hasta que las mujeres no lleguemos al nivel de liberación que tienen ellos en esas dos cuestiones, el feminismo será un término vacío de contenido. No vale pensar, hay que sentir. No es suficiente saber que no eres una mala madre por no estar con tu hijo cuando tiene varicela, sino no sentirte mal por no hacerlo; no es suficiente con comprender que no se necesitan nada más que ganas para acostarte con un tipo, sino ser capaz de utilizarlas para tu placer. Las mujeres, cuando nos vamos a la cama con alguien, por muy liberadas que nos creamos, decimos cosas tan ridículas como: «¡Lo de ayer con ese chico fue mágico!». ¿Qué es eso de mágico? Lo de ayer con ese chico fue un polvazo, asúmelo y sé feliz. ¡Qué mágico ni mágico!

Con los dos niños en casa y yo todo el día en la productora con el estreno del programa, Sornitsa ha echado esta semana más horas de las deseables y lleva tres noches quedándose a dormir. Luisma me ha dicho que ahora él no puede ayudarme, que anda metido en muchos líos y que no está para niños. Mi madre echa una mano, pero ya no está para muchos trotes, así que mi asistenta búlgara es la que se está currando la convalecencia de los niños en casa y la casa entera. Sornitsa, al margen del exceso de erres y la ausencia casi siempre de artículos, tiene más particularidades en la utilización del castellano. Una de ellas es que confunde los refranes y la otra es que no comprende la contundencia de algunas frases o palabras sacadas de contexto.

—Hola, Sornitsa, ¿qué tal el día?

—¡Estoy hasta el coñejo, señorra!

El programa me quita mucho tiempo, pero estamos contentos porque la audiencia del estreno ha ido fenomenal. En la tele depende casi todo de la audiencia y si es mala el ambiente de trabajo es bastante irrespirable. No ha sido el caso porque la de *Menudo Talento* ha superado la media de la cadena y todos estamos felices, sobre todo «arriba». Quiero compartir mi alegría con Sornitsa, que ayer se quedó en casa a acostar a los niños y después se mantuvo despierta hasta las dos de la mañana para ver el final del programa. Además, me dijo que le gustó mucho: «¡¡Sobre todo, niño gordo de pelo narranja!!».

He quedado con mis padres para contarles mi conversación con Carlos, aunque ellos no saben de qué se trata. No era fácil encontrar un sitio para reunirnos. Yo sólo puedo en fin de semana y en casa estarán los niños; a mi padre le da igual, pero mi madre dice que en su casa no tiene por qué entrar «ese señor» y que en la de «ese señor» no tiene por qué entrar ella. Un sitio público tampoco es buena idea porque sé que los tres acabaremos llorando y no me apetece hacerlo delante de más gente. Así que le he pedido a Esther la llave de su casa y allí he quedado con ellos. A mi amiga le he puesto en bandeja la bromita de «las amigas dejan las casas para acostarse con alguien, no para quedar con sus padres». A pesar de lo obvio del chiste no podía evitar decirlo, que para eso es guionista de humor. Después me ha abrazado fuerte para animarme y con un beso me ha deseado suerte antes de marcharse de su casa y dejarme allí esperando a mis padres.

Los dos suben juntos porque se han encontrado en el ascensor. Mi madre me besa dejando claro que está de mi parte y mi padre lo hace un poco a la defensiva. No quiero que nada contamine la conversación, así que dejo claras las cosas desde el principio, antes de que se sienten: «He quedado con vosotros para hablar de María. Ni de Maite, ni de su hijo, ni de todo eso que ya solucionaremos en otro momento».

No hace falta que insista porque nada más comenzar a hablar de mi hermana el dolor les iguala tanto que es imposible que se reprochen nada. Heredar de un hijo es antinatural, es la última cosa que querrías hacer en la vida. Les cuento lo bien que les iba económicamente a María y a Carlos, les enumero sus propiedades y les digo que por ley les corresponde la mitad de todo. Lloran con mucha pena, y todavía más orgullo, por todo lo que había logrado su hija mayor. Yo, que muchas veces no elijo la ocasión oportuna para dar rienda suelta a mis sentimientos, empiezo a ponerme celosa. No es el momento adecuado y mis celos son injustos, pero no los puedo evitar. El éxito de mi hermana, tan evidente y cuantificado en esas cifras abrumadoras, me hace sentir muy pequeña. Intento explicarles que la intención de Carlos es venderlo todo para poder marcharse, pero no atienden a lo que les digo. Sólo hablan de María.

—¡Cuánto valía mi niña!

—¡Siempre se van los mejores!

No puedo reconducir la conversación para que me digan si piensan vender o no, y yo decírselo a Carlos. Me estoy poniendo nerviosa con tanto llanto. Hace un momento mis padres ni se hablaban y ahora están cogidos de la mano recordando que María aprobó Medicina a curso por año. Creo que si en este momento saliera del salón ni se darían cuenta.

—Bueno, ¿qué?, ¿qué vais a hacer?, que yo tengo que irme a casa que me están esperando los niños.

—No sé, hija —dice mi madre secándose las lágrimas.

—Pues habrá que decidirlo y dejarse de tanto llorar.

—No hables así a tu madre —interviene mi padre.

—Tú, mejor cállate, que a ti ya te vale esparciendo niños por el mundo.

—Clara, hija, ¿qué te pasa? —pregunta mi madre.

—¿A mí qué me va a pasar?, ¿qué insinúas?

—Nada, nada, cariño. Estábamos hablando tranquilamente de tu hermana y como te has puesto así...

—¿Así cómo? ¿Estás diciendo que estoy loca?

—Nosotros mejor nos vamos —dice mi padre cogiendo de la mano a mi madre camino de la puerta.

—Eso, mejor nos vamos y ya hablaremos —se despide mi madre.

Cuando por la tarde Esther abrió la puerta de su casa, yo seguía llorando en su sofá, reprochándome ser una persona horrible.

Esta noche hacemos en directo la tercera gala de *Menudo Talento.* Estoy disfrutando mucho en este programa porque las cosas están saliendo de maravilla. La audiencia del segundo programa fue aún mejor que la del estreno y eso que los segundos programas habitualmente nunca salen bien. Ir a trabajar me está resultando una vía de escape y si no fuera por estar más tiempo con Mateo y Pablo, no me apetecería que llegara el sábado.

Todas las mañanas voy a la productora con esa ilusión que tienes de adolescente por ver a alguien que te gusta y saber que tú le gustas a alguien. Cuando tenía siete años, estaba enamoradísima de Quique, un niño rubio monísimo de ojos azules y con el pelo largo y liso que se sentaba a mi lado. Nos dejábamos los lápices, pintábamos corazones con flechitas atravesadas y él me levantaba la falda para ver mis braguitas: las cosas normales en este tipo de relaciones. Quique, como todos los niños rubios monísimos de ojos azules y pelo largo y liso, tenía enamoradas a todas las niñas de la clase. Eso era lo más importante, que Quique sólo tenía ojos para mí pudiendo haber elegido a cualquiera. A Quique le cambiaron a un colegio de pago al curso siguiente y allí murió nuestro amor, pero siempre recordaré lo feliz que fui aquel curso yendo cada mañana a mi clase de 2.º B. Por cierto que Quique, como todos los niños que de pequeños eran rubios monísimos de ojos azules y pelo largo y liso, ahora está calvo, ha engordado mucho y tiene pelo en los hombros. Lo sé porque todavía sigue viviendo en el barrio con sus padres.

Cada mañana me pongo guapa para ir a trabajar porque sé que allí voy a ver a un tipo que me gusta y a un tipo al que yo le gusto. La felicidad sería completa si fueran la misma persona, pero la felicidad completa yo no la he vivido con los hombres desde que iba a 2.º B. Ya es oficial que Roberto está liado con la niña de redacción rubia y estupenda. Era normal, aunque algunas no lo quieran ver, especialmente Carmen, que no termina de entenderlo. «Pero si es una niñata», dice.

Miguel me invita todas las mañanas a un café de máquina e intercambiamos algunos cotilleos del programa que el otro desconoce. Me lo paso bien en ese rato y me siento halagada cuando a punto de regresar cada uno a nuestra tarea, me propone todos los días ir a cenar a un japonés nuevo que han abierto en el centro y yo le contesto siempre que ya veremos, que no es el momento. Miguel ha mejorado algo su aspecto. El pelo lo tiene un poco más largo y hay algunos días en los que lleva camiseta y no sus perpetuas camisas de cuadros. Un día Miguel llegó a trabajar sin afeitar y con una camiseta verde, que, cosa inusual en su ropa, parecía fabricada en esta misma década. No tengo ni idea de dónde vendría, pero he de reconocer que ese día me gustó. Lo malo es que me gustó porque parecía otro.

Roberto, por su parte, me trata con mucha amabilidad, condescendencia más bien. Me atribuye el mérito de haber recuperado para el programa a Jonathan, el niño gordito pelirrojo, que se está convirtiendo en la estrella de *Menudo Talento*. Jonathan es un niño amanerado que vive en una barriada marginal de Sevilla y canta copla con mucho sentimiento. Esther dice que antes de los dieciocho ese niño se habrá puesto tetas, pero ahora mismo es sin duda el preferido de la audiencia.

Roberto y yo estamos encantados de haber acertado con nuestra elección, hablamos de lo bien que va el programa, me cuenta con detalle cómo serán cada una de las actuaciones de los niños para que consigamos en producción todo lo que necesiten; me dice los vídeos de apoyo que necesita cada concursante para que yo coordine los equipos; me pide a los familiares que quiere que acompañen en el plató a cada niño para que prepare sus viajes... Todo eso y más. Roberto y yo nos entendemos de maravilla, me hace reír, me alucina su capacidad de trabajo, lo mucho que sabe de tele y su talento. Roberto me considera, estoy segura, pero no me mira como quiero que me mire. Roberto no me hace ni caso y tengo que asumirlo. Para eso me estoy dejando yo una pasta con mi psicoanalista, para superar este tipo de cosas. Soy una tía madura, separada y con dos niños, como para perder ahora los papeles por un tío. Aunque me muera porque me invite a salir, aunque cada noche sueñe con besarle, aunque algo revolotee dentro de mí cuando lo veo, aunque me haga la encontradiza con él por los pasillos, aunque haya vuelto a escuchar las mejores baladas de Michael Bolton, Roberto es sólo un compañero de trabajo. Uno más de tantos tíos buenos que hay por el mundo. Yo ya estoy por encima de eso.

Lourdes lleva pidiéndome demasiadas semanas que ponga más de mi parte en la consulta, que deje de dar rodeos, que afronte las cosas que me pasan.

—¿Qué tal el otro día con tus padres?

—No estuve a la altura. Monté un numerito de celos con mi hermana y lo jodí todo. No sé lo que me pasó.

—Tú misma lo has dicho: celos.

—Ya, pero es que mi hermana está muerta...

Hay sesiones con Lourdes en las que el sufrimiento te sirve para mejorar. Mi psicoanalista lleva razón. Hace muchas semanas que vengo necesitando abrirme en la consulta.

—Y ni muerta me puedo librar de ella.

—Eso que dices es muy duro.

—Tú siempre dices que la verdad es a veces muy dura.

—Sí que lo digo.

—Mi hermana nunca me ha dejado en paz con tanta perfección y ahora, después de muerta, viene y nos soluciona la vida a todos con su gran herencia.

—No es malo heredar.

—Pues yo no quiero su dinero, que se lo queden mis padres y se lo gasten... O que lo herede el otro hijo de mi padre, que para eso lo tiene.

—Es una opción.

—O que se lo den a una ONG, que hay mucha hambre en África, pero yo no quiero nada de María...

Menos mal que por fin estoy sacando lo que llevo dentro, ese sentimiento al que no me atrevía a enfrentarme. Estoy haciendo lo que Lourdes me estaba pidiendo todas estas semanas: ser sincera conmigo misma.

—Mi hermana está muerta, ¿no? Pues que nos deje en paz —concluyo.

Lourdes se calla un rato. Esos silencios en la consulta se me hacen eternos. Me ponen muy nerviosa.

—¡Muy bonito, te ha quedado fenomenal!

—No te entiendo.

—Sí me entiendes... Estás jugando a hacerte la chica mala, la mujer valiente capaz de enfrentarse con su interior y descubrir sus sentimientos más inconfesables.

—De eso se trata, ¿no?

—Eso es de primera semana de tratamiento y tú llevas aquí más de dos años.

—No sé qué quieres decir.

—Quiero decir que no me creo nada.

—Y entonces, ¿qué crees?

—Que es imposible medir el cariño, pero sé que es muy difícil querer a alguien como tú querías a María. Eso es lo que yo creo.

—Mierda, Lourdes, no me hagas esto.

Esa frase ya no soy capaz de pronunciarla sin sentir cómo mis ojos se llenan de lágrimas.

—Por ahí vamos mejor, Clara.

—Siento un ahogo inmenso en mi pecho, no puedo soportar cómo me duele.

Me hundo en el diván y me abandono. Lloro sin consuelo y sin poder contenerme hasta el final de la sesión. Lloro porque me da miedo vivir sin volver a verla. Lloro porque no puedo soportar que María no esté.

—Sigue llorando, Clara... y si no te importa, yo voy a llorar contigo. Esta sesión es gratis.

O me pongo a dieta o esto se me escapa de las manos. Quiero decir a dieta de verdad, no a cenar ensalada y a las dos horas comerme cuatro rebanadas de pan de molde con Nocilla. No sé por qué motivo no hay algún gobierno que prohíba la venta de Nocilla en los supermercados. En mi lista de comidas preferidas la Nocilla ocupa posiblemente el primer lugar, seguida de la paella, el solomillo de ternera, las cabezas de las gambas y las ensaladas con pepino. Lo del pepino es un descubrimiento bastante reciente porque toda mi vida lo había odiado hasta que un día lo probé por error y me enganché. No es con lo único que me ha pasado. Las aceitunas negras son otro claro ejemplo de lo mismo, que antes no podía ni olerlas y ahora se las pongo a todo. Ése es otro de los problemas, que cuando me da por comer algo una temporada lo hago hasta que me acabo hartando.

Ojalá me hartara de la Nocilla, así me ahorraría muchos disgustos, como el que tengo ahora mismo delante del espejo. He quedado con Esther para salir esta noche y los pantalones no me entran. Tengo la tentación de echarle la culpa a que están recién lavados, pero es una tontería engañarse. Me subo a la báscula y certifico que el motivo son los cinco kilos de más que he vuelto a coger. Los kilos de más tienen la manía de no repartirse por todo el organismo, sino de concentrarse entre mi culo y mis muslos. Son muy poco solidarios con el resto de mi anatomía. Un día de éstos tendré que asumir que los cinco kilos de más no son de más, sino que son míos, y que si los perdiera, lo que tendría serían cinco kilos de menos.

Estoy sudando en mi habitación, haciendo flexiones para dar de sí los pantalones y no hay manera. Tengo la tentación de llamar a Esther para decirle que no salgo, que he decidido quedarme en casa viendo un programa del corazón mientras me acabo enterito un bote de Nocilla, pero pienso en esa imagen y me produce tanta pena que decido solucionarlo con una falda larga y la promesa firme de que el lunes mismo empezaré una dieta que me va a dejar irreconocible. Aunque todavía falta, este año no me pienso pasar el verano escondida detrás del pareo.

Esther y yo nos vamos a cenar a un asador, que como el lunes empiezo, habrá que despedirse con un buen jamón y un solomillo con foie y patatas. Dudamos si pedir una botella de vino, que es mucho para nosotras solas, pero la pedimos y si sobra, que sobre. Nos contamos cosas de nuestros trabajos, de *Menudo Talento* y de su programa de sketches, que no termina de tener mucha audiencia, pero que le ha servido para que una editorial le haya propuesto escribir un libro de monólogos sobre mujeres. Está muy ilusionada con eso, aunque a ella lo que verdaderamente le apetece escribir es una novela. Esther y yo hablamos de nosotras, de María y su herencia, de mi hermano nuevo y su pelo rojo, de lo mucho que me gusta Roberto, de lo mucho que me gustaría que me gustara Miguel y de no sé qué técnico de sonido con el que se está acostando Esther y que yo no termino de identificar.

Hablamos sin parar hasta ser las últimas que quedamos en el restaurante. Menos mal que llevo la falda larga, porque estoy tan llena que creo que voy a reventar. Estamos a gusto, de la botella de vino no queda ni rastro y además le pedimos al camarero dos gintonics con mucho hielo en copa grande.

—Tenemos que ir cerrando ya, señoritas. Si no les importa, me van abonando.

—Le abonamos, le abonamos.

Seguimos un ratito más y en el momento en el que apuramos las copas, Esther se confiesa.

—¿Sabes? Me muero por echar un buen polvo.

—Jo, tía.

—¿Tú no?

—Pues...

—Venga, mujer. Como cuando acabamos en el hotel de la Nacional II.

—¡Sí!

—A ti ese día te fue bien, ¿no?

—¿No te lo conté?

—No entraste en detalles.

—Vamos a tomar otra copa y te lo cuento con un gin-tonic.

No sé si con nuestra actitud damos muchas pistas de nuestras intenciones o es que estamos realmente guapas, pero en este bar de rock no paran de entrarnos tíos. A la cuarta pareja de amigos dejamos de tentar a la suerte y decidimos que se queden. Lo decide más que nada Esther, que después de hacerles unas cuantas preguntas los considera los más adecuados.

—Éstos son —me dice guiñándome un ojo.

—La verdad es que están bien.

—Y además están casados.

—A mí eso no me hace tanta gracia, la verdad.

—Clara, es imprescindible que estén casados o que tengan una pareja estable.

—¿Pero por qué?

—Porque los casados son mejores amantes. Tienen más tiempo para corregir defectos y aprender. Los que van de cama en cama se ocupan sobre todo de sí mismos.

—Eres una fuente inagotable de sabiduría.

—Después de lo que me has contado que te pasó con el Charly ese, a ver quién es aquí la fuente inagotable.

Las parejas se forman de manera muy natural. El mío es moreno y un poco más bajito y el de Esther tiene la cabeza rapada y pinta de ir mucho al gimnasio. Son representantes de no sé qué empresa de Valencia que están en Madrid asistiendo a un congreso. Un par de horas más tarde estamos Esther y yo en las habitaciones del hotel en las que se hospedan nuestros respectivos representantes. Creo en Esther y en su intuición con los hombres. No sé cómo estará resultando su calvo, pero este moreno bajito hace las cosas muy bien. Le gusto, no para de decírmelo, y además se le nota en la manera de tocarme. Necesitaba una buena dosis de autoestima. Cumpliendo a rajatabla la teoría de Esther, este señor casado está muy pendiente de mí y yo se lo agradezco poniendo también bastante de mi parte. No me ha pasado lo que con Charly, pero ha estado muy bien. Los dos estamos descansando del esfuerzo, tumbados desnudos encima de la cama. Todavía estamos sudando.

—Tía, me gustaría volver a verte.

—Pero si estás casado.

—Bueno, pero es que no me va bien.

—Claro, claro.

—Yo vengo casi todos los meses a Madrid a hacer un cursillo, ¿podría llamarte?

—Vale. Luego te paso el teléfono.

—Es que me encantáis las tías así.

—¿Así cómo?

—Pues así. Como tú.

—¿Liberadas?

—No. ¡Rellenitas!

Jonathan tiene que cantar *¡Ay, pena, penita, pena!* en la próxima gala, pero en los ensayos no lo está haciendo bien. Está triste porque se ha muerto su abuela. Al parecer, la señora estaba viendo a su nieto por la tele en el último programa y no pudo superar la emoción. Hemos mandado un equipo hasta su barrio de Sevilla para hacer un vídeo y emitirlo en el programa antes justo de que cante el niño. Los redactores han entrevistado a todo el mundo que estaba junto a la abuela en el momento de su fallecimiento, eran todos familiares de Jonathan que estaban en casa viendo el programa. «"¡Olé, mi niño!", fueron sus últimas palabras», declara en el reportaje una prima que estaba sentada a su lado, «antes de quedarse como un pajarillo, la pobre».

La vida ha de continuar y a Jonathan le acompañarán esta semana todos sus familiares en el plató, el abuelo viudo incluido, que seguro que se emocionará mucho al ver cómo su nieto dedica el «¡Ay, pena, penita, pena!» a su difunta esposa. Esther dice que si el abuelo se muere en directo, batimos récord de audiencia. Todos lo hemos pensado, aunque sólo ella se ha atrevido a decirlo.

A la espera de lo que suceda en la gala, Miguel sigue a la espera de lo que suceda conmigo. Después de lo que me dijo aquel representante valenciano en su habitación del hotel, no volveré a estar segura de mí misma hasta que no pueda abrocharme los vaqueros. Por eso se agradece gustarle tanto a alguien que tienes permanentemente al lado. Lo que más me gusta de Miguel es lo mucho que le gusto. Es algo que me hace sentir bien y en este momento es lo que más necesito. Me parece que es hora de aceptar la invitación de mi realizador y quedar algún día con él a cenar en el japonés ese nuevo que han abierto en el centro. Tendrá que ser dentro de un par de viernes porque ahora me tocan los niños dos fines de semana seguidos.

Veo a Miguel encima del escenario colocando la posición de las cámaras y tiene su punto, claro que sí. Ni sus pantalones de pinzas son capaces de echarme atrás. Está decidido, mañana mismo le digo después de tomarnos nuestro café de máquina que dentro de dos viernes cenamos juntos. Estoy sentada en una grada del público en el plató vacío viendo a Miguel dirigir a sus operadores y aparece Roberto, que va a hablar con él. ¡Qué bueno está! Hoy lleva gorra y le queda de maravilla. Por cierto, que el último rumor que corre por la productora es que él y la redactora rubia estupenda lo han dejado. Al parecer, Roberto ya está coqueteando con la chica nueva de recepción, igual de estupenda, pero morena. ¡Cómo le puede quedar a alguien tan bien una camiseta tan vieja! Es que tiene el cuerpo que a mí me gusta, delgado, fibroso... De todas formas, viéndoles desde aquí a los dos juntos, Miguel parece más alto. A lo mejor es porque los pantalones tan subidos le hacen patilargo... ¡Que no, Clara!, no te hagas líos: tú dentro de dos viernes cenas con Miguel y no hay más que hablar. Tú por tu camino y Roberto por el suyo.

Jonathan está a punto de salir a actuar en la gala de esta noche de *Menudo Talento*. Todos estamos más nerviosos de lo normal porque no sabemos si el niño podrá terminar la canción con tanta emoción acumulada. Justo cuando va a salir al escenario, el móvil me vibra en el bolsillo por cuarta vez consecutiva. No sé quién me llamará ahora precisamente. En la pantalla pone «número desconocido».

—¡Diga!

—¿Clara?

—Sí, soy yo. ¿Quién eres?

—Hola, soy Jaime y me gustaría hablar contigo.

—Lo siento, es que ahora no puedo. Va a cantar Jonathan.

—¿Cómo?

—¡Mira, el abuelo ya está llorando antes de empezar la canción!

—¿Qué canción?

—«¡Ay, pena, penita, pena!».

—Disculpe, creo que me he equivocado.

Mientras Jonathan sigue con su copla ante el llanto de toda su familia, no puedo dejar de pensar en que esa conversación tan estúpida que acabo de tener es la primera que mantengo con mi hermano. Hay cosas en la vida que tendrían que ser de otra manera y las primeras palabras que intercambio con el hijo de mi padre deberían haber tenido algo más de profundidad.

Lo de Jonathan tampoco ha sido lo esperado. Ha terminado su actuación con una normalidad que nos ha frustrado un poco a todos. Ha superado la emoción, ha cantado sin equivocarse y el abuelo lo único que ha hecho ha sido llorar, ni se ha muerto, ni nada. Cuando el presentador está dando paso a la siguiente niña, que es ciega y toca la bandurria, en el plató hay cierta sensación de desánimo. Yo lo que tengo es ansiedad porque vuelva a sonar el teléfono y explicarle a Jaime que yo también quiero hablar con él aunque no sepa muy bien qué tenemos que decirnos.

Cuando vuelvo a casa después del programa son más de las dos de la madrugada. Mateo está en mi cama y Sornitsa está durmiendo en la habitación de Pablo. Todo está a oscuras y en silencio. Estoy agotada, un poco triste y me vuelvo a sentir sola. Esta noche ni me desmaquillo. Me voy a tumbar en el sofá tal cual estoy, no me apetece ponerme el pijama. Me gustaría quedarme dormida aquí y soñar algo bonito. Soñar con María sería maravilloso. Irme de compras con ella al centro y comernos luego una hamburguesa triple. Podríamos ir al cine a ver una comedia romántica y comer palomitas y llorar. O mejor una de miedo y reírnos luego del miedo que nos da. Quedar en una cafetería para contarle lo mucho que le gusto a Miguel y lo mucho que me gusta Roberto. Podríamos hacer juntas el viaje a Nueva York que siempre íbamos a hacer y que nunca hicimos. Ir de compras por la Quinta Avenida, pasear por Central Park, ver un musical en Broadway... María conocía muy bien Nueva York y a mí me encanta, aunque nunca he ido. Lo conozco más que nada por la serie de televisión *Sexo en Nueva York* y por las pelis de Woody Allen. El Madison Square Garden, Brodway, Soho, Times Square... Tenía pendiente este viaje con María y puedo hacerlo ahora mismo soñando en este sofá. Esta noche voy a recorrer Manhattan con mi hermana y me da igual lo que pase mañana.

Últimamente me he aficionado a la comida japonesa. Me da la sensación de ser ligera y creo que no engorda mucho. Además, he aprendido a manejar los palillos con cierta soltura, que para comer en un restaurante japonés es imprescindible. No pasa como en los chinos, donde el noventa por ciento de los clientes come con cuchillo y tenedor. Si eso lo haces en un japonés la gente te mira como si hubieras llegado ayer del pueblo. Es una cuestión de imagen y cenar en un japonés tiene mucho más glamour que hacerlo en un chino por muy bueno que esté el arroz tres delicias, que lo está. Este nuevo que han abierto en el centro es muy bonito y lo suficientemente grande como para que las mesas no estén demasiado pegadas.

Miguel es un experto en comida japonesa, sabe el nombre de los platos y de algunos conoce hasta su traducción al castellano. Sobre ese tema va la primera parte de nuestra conversación durante la cena. Miguel está loco por mí y yo lo voy a aprovechar. Cada mañana tomando nuestro café de máquina, Miguel ha intentado seducirme y conquistarme. No se ha puesto demasiado pesado, ha bromeado con soltura cada vez que le he dicho que no íbamos a quedar y todas las mañanas me ha dicho que cada día estaba más guapa. Hace un par de semanas le dije que no me terminaba de gustar que los hombres llevaran joyas y al día siguiente ya no llevaba puesto el cordón de oro que siempre colgaba de su cuello. Me parece que son motivos suficientes como para aceptar por lo menos una invitación a cenar.

Lo malo es que, a pesar de la mejoría que para mi gusto supone no verle con ese cordón de oro apretando su nuez, en el resto del vestuario no ha mejorado en absoluto. Todo lo contrario. Lleva un pantalón de pinzas marrón clarito y una camisa perfectamente metida por dentro exactamente del mismo color. Un poquito más oscuros, no mucho, son los zapatos, que a su vez tienen idéntico color que el cinturón de hebilla dorada, que hace juego con el dorado de la cadenita que adorna el empeine de los mocasines.

Miguel me ha pedido que me fíe de él al elegir la comida y ha acertado de pleno. Todos los platos son para compartir y cada uno supera al anterior. Miguel tiene la virtud de saber escuchar y no me ha resultado difícil hablar con él de todas las novedades que se han producido en mi vida en los últimos meses. Cuando nos servimos la última copa de vino después de los postres me doy cuenta de lo a gusto que he estado cenando con Miguel. Qué acierto aceptar la invitación. Muy al final, mientras esperamos la cuenta, hablamos algo del programa, del buen ambiente de trabajo que hay con todos los compañeros y Miguel me cuenta algún cotilleo.

—¿Sabes que en la productora están todas las tías loquitas por Roberto?

—¿Ah, sí?

—No entiendo qué le ven. Con esas pintas que lleva, tan desastrado.

Salimos del restaurante y en el coche hablamos de mi otro trabajo. Madrid está repleto de marquesinas que anuncian ofertas de un supermercado que ha lanzado la «Semana Fenomenal» para la que yo he hecho todas las fotos de la campaña. Se venden langostinos a uno noventa y nueve el kilo; detergentes que pagas dos y te llevas tres, y calcetines que si compras unos negros te regalan unos blancos. Miguel y yo nos reímos de un cartel en el que aparece la foto de una botella de vino tinto que vale un euro veinte y al lado pone: «Delicatessen para su mesa». Entre bromas, Miguel ha ido conduciendo hasta la puerta de mi casa sin que yo me diera apenas cuenta. Me desconcierta, porque sabe que a mi casa no podemos subir porque están los niños con Sornitsa. Ni siquiera para el motor del coche.

—Bueno, Clara, me lo he pasado de maravilla. Nos vemos el lunes.

No sé qué decir y abro la puerta para salir. Me acerco para despedirme y Miguel me da dos castos besos en las mejillas.

—Gracias por la invitación, Miguel.

—De nada. Hasta el lunes.

Cierro la puerta y Miguel continúa su camino hasta que se pierde cuando dobla la primera a la derecha. Me quedo un rato sola en la acera con cara de no saber qué cara poner. Es viernes, son las doce y media de la noche y subo las escaleras del portal camino del sofá a ver qué ponen en la tele y preguntándome si quedará Nocilla en la despensa. Esta noche caen, por lo menos, un par de rebanadas.

Luisma lleva un par de días que ni me coge el teléfono. Tengo que hablar con él sobre si mantenemos a Mateo en clases de fútbol o le apuntamos a música, que es lo que yo quería hacer desde el principio. Me parece que el fútbol no le gusta nada y que no lo pasa bien en las clases porque no debe de ser demasiado bueno. Esto se lo diré a Luisma con cuidado para no herir su orgullo de padre.

Mi ex tiene el teléfono apagado y la tienda de móviles debe de estar cerrada porque allí nadie contesta. Elisa, mi suegra, me dice que su hijo no está y que ya le dirá que me llame cuando vuelva. Así lleva tres días. Mi suegra es una mujer que me cae bien, aunque no la puedo soportar. Reconozco que Elisa es una suegra fantástica, pero para ser la suegra de otra. A mí me agobia. Hay veces que me dan envidia esas mujeres que tienen motivos para llevarse mal con su suegra. Yo no tengo ninguno y me da mucha rabia. Elisa es pura amabilidad, se desvive en atenciones, le parezco la mujer ideal para su hijo y creo que ella es la persona que peor lo pasó en nuestra separación. Mi suegro, que se llama Luis Mariano, como Luisma, es igual de insoportablemente servicial. Dos años después de estar separada de su hijo no puedo decirle que tengo que colgar un cuadro en mi casa porque se presenta a los diez minutos con la taladradora y las alcayatas. Elisa me sigue haciendo torrijas por Semana Santa, «que sé que te gustan, hija». El año pasado me trajo sesenta y dos torrijas repartidas en tres tarteras, que, se mire por donde se mire, son una desproporción de torrijas.

Pues así es Elisa, una mujer que no tiene medida a la hora de intentar agradarme, «si es que están de ricas que se deshacen en la boca». Estos días la noto rara por el teléfono. Creo que es Luisma el que la obliga a decirme que no está. No me queda más remedio que presentarme en su casa para ver qué pasa. Hoy puede ser un buen momento, porque ayer fue el programa y los martes por la mañana no tengo que ir a trabajar.

Mateo y Pablo son todavía muy pequeños, pero me da mucho miedo equivocarme al educarlos. Muchas veces no sé qué hacer con mi vida y, sin embargo, hay dos personas en el mundo que dependen de mí. De los valores que les transmita, de cómo los eduque, de lo que vean en mi comportamiento puede depender su felicidad cuando sean mayores. Si les regaño a destiempo, me siento fatal, no soporto cuando a veces les grito sin merecérselo y pagan muchos platos que no han roto. No estoy el suficiente tiempo con ellos y cuando lo estoy no sé si lo aprovecho. Hay muchas veces que no me apetece estar con ellos porque me agotan, pero en cuanto no los veo durante un día los echo muchísimo de menos.

No sé si lo estaré haciendo bien, si algunos de los mensajes que les envío a sus cabecitas serán equivocados y se las verán de mayores como yo, solucionando mis errores en un diván. El caso es que no quiero estar sola en esto. Necesito a Luisma jugando con mis hijos en el sofá. Nadie hace eso como él, en eso yo no puedo sustituirle. Nadie es capaz de hacerles reír como lo hace Luisma.

—Hola, Elisa.

—¡Hija mía, menos mal que has venido! Pasa, está en la habitación.

—¿Pero qué pasa?

—Yo no sé qué pasa. Ni come, ni sale, ni duerme, y dice que no está para nadie.

Cuando entro en su habitación el olor a tabaco casi me tira de espaldas. Luisma está tumbado en la cama, sin afeitar, y viendo la tele. Al verme se incorpora y me besa. Sé que necesita ayuda.

—¿No habías dejado de fumar?

—He vuelto.

—¿Qué te pasa?

—Nada, problemillas. ¿Qué tal los niños?

—Pues esperándote. Hace una semana que no los ves.

—Eso le digo yo —interrumpe Elisa desde la puerta.

—Mamá, déjanos.

Elisa nos deja y se marcha de la habitación cerrando la puerta por fuera. Una vez solos, Luisma me abraza con fuerza. Creo que está a punto de echarse a llorar.

—Tía, estoy en un lío.

—Joder, Luisma, no me asustes. ¿Qué pasa?

—Debo mucho dinero.

—¿A quién?

—Pues al banco, a quién va a ser.

—¿Cuánto debes?

—Es que la tienda no ha ido bien y me había metido hasta el cuello...

—Ya, pero cuánto.

—Ciento veinte mil euros.

—¡¿Tú eres gilipollas?!

—Tía, pensaba que esta vez...

—Pensaba, pensaba... Joder, eres un desastre.

—Ya lo sé. Lo siento.

—¿Y cómo lo piensas pagar?

—No tengo ni un duro, Clara, así que ejecutarán el aval.

—¿Qué aval?, ¿de qué me hablas?

—Es que puse la casa como aval para el préstamo.

—¿Y eso qué quiere decir?

No quiero escuchar la respuesta, pero es exactamente lo que me temo. Si Luisma no paga las letras del préstamo que pidió para abrir su maldita tienda de móviles, el banco se va a quedar con la casa en la que vivimos mis hijos y yo. Después de ponerme histérica, de llamarle de todo muchas veces, de llorar los dos hasta dolernos la cabeza, poco a poco nos hemos ido tranquilizando. Me da pena Luisma y odio tener pena por alguien al que quiero. El padre de mis hijos está derrotado sin posibilidad aparente de levantar cabeza. Debe ciento veinte mil euros, no tiene dinero ni trabajo, y si no paga, mis hijos se quedan sin casa. No puedo soportar su inmadurez, sus fantasías de hacerse rico para acabar en una habitación de la casa de sus padres con casi cuarenta años. Así es Luisma, el mejor del mundo haciendo guerra de cojines con mis hijos.

Elisa entra en la habitación cuando ya estoy a punto de marcharme.

—Hija, te he hecho torrijas para que le lleves a los niños.

—Es verdad. No me acordaba de que la semana que viene es Semana Santa.

—Están de buenas que se deshacen en la boca.

—Ya, pero engordan.

—Calla, calla. Si tú estás fenomenal, con ese tipazo que tienes.

—Gracias, Elisa, el Jueves Santo te traigo a los niños.

Hay veces que hago cosas que sé que son un error antes de hacerlas. A lo mejor por eso las hago. Esta tarde estoy libre, los niños están con mi suegra y no tengo nada que hacer. Me da rabia estar aburrida. No recuerdo la última vez que tuve una tarde para mí sola, sin nada que hacer, y hoy que la tengo no sé qué hacer con ella. La casa está limpia, así que por ese lado tampoco tengo escapatoria. María sería una opción, pero no está. Casi todo el rato sigo pensando en ella como si estuviera viva. Esther iba a aprovechar estos días para escribir y no quería ver a nadie, así que no tengo muchas más opciones para no estar sola esta tarde que parece domingo. Lo dicho, hay veces que cometemos errores y además lo sabemos.

—¿Miguel?

—Hola, Clara, dime.

—No, nada, que estaba aquí en casa y he pensado que si querías tomar un café.

—En media hora estoy en tu casa.

—No, mejor lo tomamos en una cafetería.

—Claro. Sólo era una forma de hablar.

Mientras viene voy a arreglarme. No mucho, pero voy a pintarme un poco. Me apetece que venga Miguel, a pesar de lo que no pasó en la cena en el japonés; no creo que le haya llamado sólo porque no tenía a nadie más a quien llamar. Podría haber pasado aquí la tarde sola, viendo alguna peli o leyendo el *¡Hola!,* que ha salido hoy. Está sonando el telefonillo.

—¿Quién es?

—Soy Miguel. Te espero aquí.

—No. Mejor sube.

—Es que habías dicho que mejor íbamos a...

—¡Sube!

Miguel no ha esperado el ascensor y desde la puerta escucho cómo sube los escalones de tres en tres. Al llegar se quita la chaqueta e intenta comportarse como si mi invitación fuera lo más normal del mundo.

—Ya no me acordaba de lo bonita que es tu casa.

—¿Solo o con leche?

—¿Tienes poleo?

—Buena idea. Yo también tomaré uno.

Cada uno con su poleo en la mano nos sentamos en el sofá.

—¿Y qué?

—¡Pues aquí!

—Claro.

—Pues eso.

—¿Quieres que ponga algo de música?

—Clara, ¿por qué me has llamado?

—¡Miguel, bésame!

Estoy nerviosa, no sé por qué estoy haciendo esto, pero me encanta hacerlo. Creo que estoy jugando a ser alguien que no soy. Miguel me besa y empieza a desnudarme de manera un poco brusca. Está tan excitado que no puede contener sus impulsos. Volver a sentir lo mucho que le gusto es lo que me empieza a excitar a mí. Medio desnudos, vamos desde el sofá a la cama. Miguel se pone encima de mí y nada más entrar noto cómo es incapaz de contenerse.

—¡Clara, lo siento!

—No te preocupes. Es bonito sentirse tan deseada.

—¡Qué vergüenza!

—¡Ven, abrázame, tonto!

—Llevaba muchos meses sin estar con nadie.

—Entonces es normal.

Nos incorporamos de la cama y empezamos a vestirnos. Poco a poco recuperamos la normalidad y Miguel va superando lo ocurrido.

—Lo bueno es que no ha dado tiempo a que se enfríe el poleo.

Miguel y yo hablamos un poco del programa y le enumero por encima mis líos familiares. Él hace fácil cualquier conversación. Hemos pasado una buena tarde, pero son casi las diez y es hora de que se marche.

—Clara, ¿quieres salir conmigo?

—¡Qué pregunta, Dios!

—¿Qué le pasa a mi pregunta?

—Que no me la hacían desde que tenía dieciséis años.

—Bueno, pero quieres o no.

—Nos vemos el lunes en la productora.

Mateo cumple ocho años. Lo estamos celebrando en casa sus cuatro abuelos, Pablo, Luisma y yo. Es el primer cumpleaños que pasamos sin María. Me refiero viva, ya que mi hermana faltaba muchas veces al cumple de Mateo porque habitualmente lo celebramos en domingo y ella casi siempre estaba de viaje. Carlos no ha venido porque sin María tampoco es que pinte demasiado. Eso sí, esta mañana ha sido uno de los primeros en felicitar al niño por teléfono y le ha prometido que le traerá algo de su próximo viaje.

Mis padres están enfadados conmigo desde que nos vimos en casa de Esther para hablar de la herencia de María. Desde ese día mi madre me trata con indiferencia, casi me ignora, a pesar de que ya me disculpé por mi comportamiento. Mi padre sabe que ha empatado conmigo a motivos para enfadarnos el uno con el otro: yo sigo molesta por no haberme contado lo de su hijo y él ha aprovechado mi escena de celos para estar en igualdad de condiciones. Él no me pregunta por Jaime, con el que sabe que he quedado dentro de pocos días, y yo finjo que no me importa el acuerdo al que han llegado con Carlos sobre la herencia de mi hermana.

Mis suegros no saben el calibre del lío en el que se ha metido Luisma y en el que nos ha metido a todos.

Así que ellos siguen a lo suyo, Luis Mariano arreglando una lámpara del salón y mi suegra persiguiéndome por toda la casa a ver si necesito ayuda para poner o quitar la mesa, preparar la merienda, hacer la tarta, encender las velas, quitar las migas, barrer el suelo, poner el lavavajillas... Luisma está haciendo un esfuerzo para que no se note lo que le ocurre y evita cualquier pregunta sobre cómo va la tienda de móviles. Mi ex se está dedicando toda la tarde a contener a Pablo, que sufre unos celos insoportables por el protagonismo que hoy tiene Mateo.

—Al contrario de lo que cree la gente —afirma mi madre—, los hermanos pequeños son mucho más celosos que los mayores.

Es el primer comentario que me dedica mientras todos nos sentamos en torno a la mesa de centro repleta de tazas, platitos, cucharitas, cafetera, tetera, lechera, pastitas y tarta de cumpleaños. Es una celebración familiar en toda regla.

—Tú estás más delgada, ¿no? —me pregunta mi suegra.

—No lo creo —se anticipa mi madre.

—¿Y qué, Luisma?, ¿arranca o no arranca la tienda esa que has puesto ahora? —pregunta mi padre por preguntar.

—Ahí vamos —contesta Luisma por contestar.

—Si ya le digo yo que debería seguir con lo suyo de electricista —participa mi suegro.

—Mejor nos iría a todos —malmeto yo.

—Luisma puede hacer lo que quiera y tú no tienes que decir nada, que para eso estáis separados —me replica mi madre.

—Mamá, mejor que tú no te metas, que no sabes de lo que estás hablando.

—Tu madre hablará cuando le dé la gana —dice mi padre.

—Oye, oye, que yo me sé defender solita —le reprocha mi madre.

—Pues yo te veo mucho más delgada —comenta mi suegra, que sigue a lo suyo.

—¡Mucho más! —apostilla Luisma, que ahora quiere estar a buenas conmigo.

—Tú deja de hacerme la pelota —contesto yo, que ahora no quiero estar a buenas con él.

—Mamá, ¿qué pasa? —pregunta Mateo.

—Nada, hijo, que a lo mejor nos quedamos sin casa —digo yo sin deber decirlo.

—¿Qué dices? —preguntan todos.

—¡Sin casa! —se sorprende Pablo.

—Joder, Clara, no es el momento —dice Luisma.

—¿Podéis explicarnos qué ocurre? —insisten de nuevo todos.

Mando a Mateo y a Pablo a jugar a su habitación y los niños obedecen sin protestar demasiado. Mateo está demasiado ocupado con su DS y Pablo con un pupitre para dibujar que ha expropiado a su hermano y en el que va a hacer un dibujo de la familia. Nos quedamos todos los adultos en torno a la mesa del café y en ese mismo momento ya estoy arrepentida de la humillación a la que se va a someter a Luisma por culpa de haber sacado el tema de la casa. Se me ha escapado y no he sabido volver atrás. A lo mejor lo he hecho a propósito y no he querido volver atrás. No lo sé, pero algo de satisfactorio tiene mi sufrimiento al ver a Luisma sufrir.

—A ver, ¿qué has hecho ahora? —pregunta mi suegro.

—Pero si no es nada —responde Luisma ganando tiempo.

—Entonces, ¿qué dices tú de quedarse sin casa? —me pregunta mi madre.

—Luisma —les cuento a todos— ha pedido un crédito al banco para abrir la tienda de móviles poniendo esta casa como aval. Si no paga, se la queda el banco.

—Tú también habrás firmado —me reprocha mi madre.

—¿Yo? Yo no he firmado nada.

—Es que utilicé un poder que teníamos de cuando estábamos casados —se confiesa Luisma.

—¡Serás...!

—¿Qué querías que hiciera? Si te lo pregunto, me habrías dicho que no.

—¿Y de cuánto estamos hablando? —se interesa mi padre.

—De ciento veinte mil euros —concluyo yo.

—¡Este niño es imbécil! —afirma mi suegro sobre su hijo.

—¡Ay, ay, ay!, ¡Virgen del Carmen! —dice mi suegra antes de echarse a llorar.

—Bueno, bueno —interviene mi madre—, tranquilos, que los niños no se van a quedar en la calle.

—Eso espero —dice Luisma pidiendo una tregua.

—Por supuesto que no —digo yo, que no quiero tregua—. Luisma se va a poner a trabajar de electricista para pagar todos los meses al banco.

—¡Pues no tiene que poner bombillas! —bromea mi padre a destiempo.

—¡Si es que este niño es imbécil! —continúa mi suegro.

—¡Ay, ay, ay!, ¡Virgen del Amor Hermoso! —continúa mi suegra.

—Bueno, nosotros también podemos ayudar —dice mi madre.

—De eso olvídate —me meto yo— y menos con lo de la herencia.

—¿Qué herencia? —se interesa Luisma.

—La de María —contesta mi padre—. Si ella estuviera aquí, le gustaría ayudar a sus sobrinos.

—Si ella estuviera aquí, no habría herencia —me enfado yo sin saber por qué me enfado.

—El caso es que mis nietos no van a quedarse en la calle, digas tú lo que digas —concluye mi madre.

—El caso es que la deuda la va a pagar Luisma digas tú lo que digas —concluyo yo, que no quiero que concluya mi madre.

He quedado con Luisma para ir al banco a ver si se puede llegar a un acuerdo que le permita pagar de alguna manera esa deuda sin que nos embarguen la casa. Me está esperando en la puerta y veo que se ha puesto corbata. Verle con corbata me produce tristeza porque sé que para él es una derrota. Más de una discusión nos ha costado que no se la quisiera poner nunca, ni para ir de boda. La última vez que se la vi fue el día de la nuestra y que la lleve hoy me da idea de lo mal que lo está pasando. Es una corbata granate con caballitos de mar dibujados que se ha comprado esta misma mañana antes de venir en una tienda en la que el dependiente le ha tenido que hacer el nudo.

El director de la sucursal parece un señor razonable dispuesto a ponernos las cosas lo más sencillas posible, pero las cuentas son las que son. Lo único que se puede intentar, si a él se lo autorizan en la central del banco, es ampliar el plazo de tiempo para que las letras mensuales sean de menor cuantía. El peor momento para Luisma se produce cuando el director le pregunta por sus ingresos actuales para aportarlos al departamento de riesgos. Luisma no tiene ninguno y lo único que le promete es que en cuanto salga de allí se va a poner a buscar trabajo de electricista. El señor que está al otro lado de la mesa sonríe de una manera hiriente que deja muy tocado a Luisma, que parece hundirse en la silla.

El director concluye la reunión con algunos tópicos y nos vamos de allí con la sensación de no saber muy bien qué ha pasado pero con la certeza de que no ha servido de nada. Luisma se quita la corbata y nos vamos a tomar una cerveza a la cafetería de al lado. Nos tomamos una y luego otra y luego otra. Las dos primeras sirven para quitarnos la tristeza y las dos siguientes para olvidarnos un ratito de la preocupación. A la quinta tenemos una borrachera en toda regla a la que denominamos puntito para quitarle hierro que nos da por una risa floja incontrolable.

Decidimos ir a comer juntos a casa hasta que sea la hora de ir a buscar a los niños. Yo ya no voy a volver a la productora y Luisma está claro que no tiene nada que hacer. Al llegar a casa vamos a la nevera para abrir otras dos cervezas. Lo estamos pasando bien. Las compartimos en el mismo vaso, el único con boca ancha que queda limpio. Paramos de reírnos un instante, nos miramos serios un segundo y nos besamos. Tenemos la tentación de parar porque lo que está sucediendo no tiene ningún sentido, pero no lo hacemos. Conozco la forma de besar de Luisma, pero no me acuerdo.

No hay vuelta atrás cuando prendidos de los labios salimos de la cocina entre empujones hasta el sofá del salón, desnudándonos con una torpeza que nos sabemos perdonar. No sé si lo que estoy haciendo conviene o no;

si dentro de diez minutos estaré arrepentida; si ahora es presente o pasado. No lo sé, pero me gusta. En el mismo sofá donde se desgastó durante años nuestra convivencia mirando la tele, estamos medio desnudos manteniendo una relación que es sobre todo un impulso, una necesidad, un te quiero mucho, un necesito que estés bien, un quiero que estés siempre.

Al terminar permanecemos un rato abrazados, sintiendo todo su peso encima de mí, hasta que recuperamos la respiración normal. Estamos sudando y en el salón huele a sexo. Sería importante quitarle trascendencia a lo que acaba de ocurrir, esto no puede ser el principio de nada. «Si lo sé, me pongo más veces corbata», bromea mi ex, que parece haber entendido que lo que acaba de ocurrir ha sido casi una casualidad. Se lo agradezco con una sonrisa, pero un instante después añade un «Clara, te quiero» que me da mucho miedo y que no quiero responder. Luisma se va a beber agua mientras yo me termino de vestir en el salón.

—¡Hostias, qué susto! —oigo decir a Luisma desde la cocina.

—¿Qué pasa? —digo yo inquieta mientras voy hacia allí.

—Estaba esperrando a que terminaran los señorres —contesta Sornitsa, que ha entrado con su llave mientras mi ex y yo lo hacíamos en el sofá.

Como si no tuviera suficiente con la de siempre, voy en el Ave camino de Barcelona a conocer a mi nueva familia. Jaime se ofreció a venir él a Madrid, pero me apetecía mucho pasar un día en Barcelona, así que esta mañana he cogido el tren de las siete y cinco y regreso por la tarde en el que no hace paradas y tarda un poco más de dos horas y media.

Estoy hecha polvo. Ayer, con el programa, me acosté otra vez a las tantas y creo que no he dormido ni dos horas. Menos mal que antes de irme al plató dejé preparada la ropa que me iba a poner hoy para conocer a Jaime. Tres horas tardé en decidirlo, porque no sé cuál es el vestuario apropiado para conocer a un hermano pelirrojo a los treinta y cinco años. Siempre tardo mucho en decidir qué me pongo para luego ponerme lo primero que había decidido. Además, sé muy poco de Jaime porque no le he querido preguntar a mi padre. Lo único que he averiguado es que trabaja en la Caixa, porque es en su oficina central en Diagonal donde he quedado a la una y media. Si trabaja allí, supongo que irá vestido con traje y corbata, así que yo llevaré mi traje de chaqueta negro. Tengo que preguntar por él para que salga a buscarme. Se llama Jaime Doménech Cantero, que es un nombre como otro cualquiera pero muy alejado del mío: Clara García Sanz.

Me encanta quedarme dormida viendo la película que ponen en el tren. Aunque sea buena, a los cinco minutos de empezar no puedo con el sueño que me entra. Tengo una facilidad enorme para dormirme en cualquier medio de transporte y lo hago, como casi todo el mundo, con la boca abierta. Lo peor es que yo además de no cerrar la boca, tampoco cierro del todo los ojos, consiguiendo una imagen de muerta que asusta a los niños que viajan al lado. Los adultos no se asustan porque deducen que debo de estar viva por el hilillo de saliva que se me suele caer hacia el lado del hombro en el que apoyo la cabeza. La naturaleza humana tiene muchos fallos, pero el aspecto que tenemos las personas cuando dormimos sentadas es uno de los más aparatosos.

Me encanta Barcelona, aunque no he venido lo suficiente como para conocerla bien. Que una ciudad te guste depende mucho de si es bueno el recuerdo de la primera vez que estuviste allí. Cuando no te lo pasas bien la primera vez que vas a una ciudad, ya nunca podrá gustarte por muy bonita que sea.

A mí eso me pasó en Ámsterdam, que la primera vez que fui me fumé un porro que me dio diarrea, me pasé el fin de semana discutiendo con Luisma y me cancelaron el vuelo de vuelta. Mi ex se empeñó en conocer Ámsterdam por eso de ver prostitutas en los escaparates y de poder fumar canutos en los bares de manera legal. A mí los porros me sientan fatal, de costo o de maría, me dan sueño y me revuelven el estómago, y que las prostitutas estén en un escaparate me parece desolador. Mientras Luisma miraba babeante a aquellas chicas en tanga de encaje, a mí me dio por ponerme reivindicativa sobre los derechos de la mujer, la humillación que supone tratarlas como objetos de consumo, la perversión del envilecido mercado del turismo sexual y cosas por el estilo. Reconozco que un poquito pesada sí que me puse con el tema para ser un fin de semana de placer, pero algo de celos también había en mi reivindicación feminista. La verdad es que la mayoría de las chicas estaban estupendas.

Después de la discusión, Luisma y yo nos fuimos a un bar para disfrutar del otro gran atractivo turístico que para mi ex tenía la capital de Holanda: fumar porros en un bar sin que nadie te diga nada. El local era enano y estaba abarrotado, pero tuvimos suerte y encontramos dos sitios para sentarnos en una minimesa que había en una esquina. Luisma, que no sé por qué se comportaba como un experto en drogas blandas, hizo un ridículo espantoso al intentar liar el porro, que se le cayó al suelo dos veces. Una chica rubita que había al lado se ofreció a ayudarnos y lo lió en treinta segundos. Luisma se moría de vergüenza.

—Esta tía se va a pensar que yo no sé liar porros.

—Es que no sabes.

Para que no pensara que estaba en plan negativo me lo fumé a medias con él, yo que no fumo ni tabaco. No sé si sería sólo el porro o también influyó la salsa de la ensalada que habíamos cenado, pero desde ese momento hasta llegar el domingo al aeropuerto pasé más tiempo en el baño que en ningún otro lugar. Ya en el aeropuerto, lo dicho, se canceló el vuelo y tuvimos que esperar allí diez horas hasta que la madrugada del lunes por fin despegamos.

Mi primer recuerdo de Barcelona es todo lo contrario. Fuimos María y yo a ver un concierto de los Dire Straits, que era el grupo preferido de mi hermana. Debía de ser a principios de los noventa, noventa y cinco como mucho, y aquel viaje lo recuerdo como uno de los mejores fines de semana de mi vida. Se resume en dormir poco, andar mucho, bailar demasiado y reírnos sin parar. El concierto fue en la plaza de toros y parece que estoy viendo a mi hermana María saltando mientras cantaba *Sultans of Swing* con una camiseta naranja de tirantes empapada de sudor. Estaba resplandeciente, guapa, feliz.

Estoy llegando a Barcelona y este recuerdo me está haciendo llorar y el resto del vagón se está dando cuenta. No puedo parar, no me controlo. Lloro más cuando me acuerdo de que tampoco podía controlar la risa si a María y a mí nos daba el ataque. Al recordarla riendo, lloro todavía más. Tan grande es el llanto que ya tiene categoría de soponcio, con suspiros y todo. El vagón está repleto y la gente me mira perpleja. Me gustaría explicarles a todos que lloro porque me acuerdo de mi hermana. Barcelona me ha vuelto a recordar lo maravillosa que era María.

Voy sudando como un pollo con mi traje de chaqueta negro camino de la oficina de la Caixa en la Diagonal. Estamos a primeros de mayo y no es normal que haga tanto calor. Como siempre que los termómetros suben más de la cuenta antes del verano, el estilismo de la gente es de lo más desigual. En un mismo semáforo pueden estar esperando para cruzar una chica en minifalda y tirantes y un tipo con cazadora de cuero y botas camperas. No sabes cómo acertar porque el entretiempo es así de imprevisible.

«Entretiempo» es una palabra que me recuerda a mi madre, al igual que «entremeses», que es otra palabra que ya nadie utiliza ni en las bodas y que ella sigue usando para denominar al fiambre. Yo hoy, desde luego, no he acertado con la ropa porque, además del traje de chaqueta negro, llevo pantys. No podía ponerme los zapatos sin nada y no tenía medias cortas.

Me estoy obsesionando con el sudor, creo que hasta huelo un poco; es imposible, porque me he duchado esta mañana antes de salir de casa; claro, que hace un montón de horas que me duché y este desodorante no sé yo. Tengo la tentación de llevarme la axila a la nariz pero no veo el momento porque la Diagonal está repleta y me van a ver. Definitivamente, estoy nerviosa. Lo que faltaba es que oliera a sudor el día que voy a conocer a mi hermano... ¿qué hermano?, ¿cómo voy a tener yo un hermano catalán que se apellida Doménech? Yo creo que huelo a sudor. Mira, voy a olerme y salgo de dudas. Lo hago y una señora me mira con desprecio, pero me da igual porque compruebo que era una falsa alarma y que no huelo a sudor. De momento, porque con este calor y esta chaqueta no sé lo que voy a tardar. Lo que pasa es que si me quito la chaqueta será peor porque la humedad de las axilas se hará evidente. Estoy en la puerta de las oficinas en las que trabaja el hijo de mi padre y estoy muy nerviosa.

—¿Jaime Doménech Cantero, por favor?

—¿De parte de quién?

—Pues de... esto... de... su... Una amiga.

El conserje me mira con la cara de sospecha con la que siempre miran los conserjes y después de descolgar un teléfono me dice que el señor Doménech bajará en un momento. Estoy tan nerviosa que tengo que ir tomando aire a bocanadas inmensas para solucionar la electricidad que siento en el estómago y noto que la boca se me queda por momentos sin saliva. Intento tranquilizarme pensando que a lo mejor este encuentro no es tan importante. Es simple curiosidad por nuestro parentesco biológico, pero posiblemente no nos volvamos a ver nunca más. Seguramente el señor Doménech no me caiga bien y hoy mismo se acabe nuestra relación. La verdad es que en las tres o cuatro conversaciones telefónicas que hemos tenido parecía un tío bastante majo. Me parece que es ese pelirrojo que viene por ahí. Qué alto es. Me voy a dar la vuelta para hacerme la despistada, como si esto no tuviera importancia. Si me pongo a silbar, todavía mejor.

—¿Clara? —me dice tocándome el hombro.

Me giro y soy incapaz de pronunciar ni una sola palabra. No me sale ni un simple «sí». Asiento con la cabeza e intento buscar saliva en algún lugar de mi boca para que salga de allí algún sonido reconocible.

—Eres tú, ¿no?

Respiro muy hondo, me humedezco los labios con la lengua y por fin lo logro.

—Sí.

—Yo soy Jaime —me dice con una sonrisa de dientes perfectos.

Nos damos un par de besos y me propone ir a comer a un restaurante que está muy cerca en el que ha reservado una mesa.

—No te lo vas a creer —me cuenta—, pero estoy muy nervioso.

—Te creo. Yo también.

—Con decirte que esta mañana me he pasado un par de horas para elegir el traje que iba a ponerme.

Jaime es muy alto, tiene pecas como todos los pelirrojos y lleva algo de barbita, un poquito más oscura que el pelo de la cabeza, que tiene muy corto. Tiene la boca bonita y las orejas de soplillo, aunque como no son grandes le quedan bien. Parece un tipo deportista, es fuerte y tiene la espalda tan ancha que su cabeza parece más pequeña de lo normal. En la comida me cuenta que juega al voleibol, que dirige un departamento de no sé qué cosa de activos en la Caixa, hablamos de mi trabajo en la tele y del calor que hace, que para estas fechas no es muy normal.

—Tu padre me había dicho que tú y yo nos parecíamos.

—A mí también me lo dijo. ¿Tú crees que nos parecemos?

—No sé. Hay algo, ¿no?, aunque tú eres más guapa.

—Gracias.

—Siento lo de tu hermana. Cuando me enteré estaba fuera de España y no supe qué hacer.

—No te preocupes. Yo no sabía que existías.

—¿Cuándo te lo dijo tu padre?

—Cuando descubrí una foto de tu madre con él y mi hermana María. Entonces hablamos y me contó que tú eras su hijo biológico.

—Esa foto la hice yo.

—Ya lo suponía.

—Mi madre se empeñó en tener algún recuerdo de aquel encuentro e hicimos bastantes. Yo se las envié a María por correo electrónico.

—Pues si no llego a encontrar yo una por casualidad, no me entero de que existes.

—A mí me dijeron que te lo ibas a tomar muy mal, que te lo dirían cuando fuera el momento.

—Nunca han confiado mucho en mí. Siempre me han visto como la débil de la familia.

—A mí no me pareces tan débil.

—No me conoces como para opinar.

—Es cierto. Lo siento.

—¿Tú sabes que mi padre nos contó que tu madre había muerto?

—Sí. Yo sé toda la historia. Cuando murió mi padre, mi madre me lo contó todo, desde el principio.

—No sería fácil para ti tampoco.

—Imagínate. De repente, descubres que tu padre no es tu padre y que eres hijo de un amante que tiene tu madre desde hace treinta años.

—Te sentirías fatal, supongo.

—Al principio, sí. Luego me entró una curiosidad enorme por conoceros a tu padre, a María y a ti.

—Pues sólo te faltaba yo, y aquí estoy.

—Espero que nos volvamos a ver.

Seguro que sí. Hemos quedado que dentro de poco irá a Madrid y que tengo que enseñarle el plató donde se hace *Menudo Talento*. Desde que se enteró de que yo trabajaba en ese programa no se lo pierde ni un lunes y además es fan de Jonathan. Cuando Jaime vuelve a su despacho en la Caixa yo me voy a la estación. Me alegro de haber venido, de haber conocido a Jaime Doménech Cantero, al hijo de mi padre, a un tipo pelirrojo catalán que, la verdad, sí se parece un poco a mí. Será por casualidad, pero en esta ciudad a mí siempre me pasan cosas buenas.

Mi padre quiere hablar conmigo para explicarme los trámites que están siguiendo para la herencia de María, pero yo sé que es una excusa. Lo que realmente quiere es que le cuente mi encuentro con Jaime. Sé que se siente culpable por haberme ocultado su secreto y a mí no me apetece seguir enfadada con él. Hablamos por teléfono y le prometo que le contaré con detalle mi comida con Jaime en Barcelona, aunque le anticipo que el chico me ha caído bien. Eso le tranquiliza.

—Clara, ¿sabes que el que hayamos estado enfadados durante todos estos días ha tenido algo bueno?

—¿Sí?, ¿el qué?

—Que estaba triste por otro motivo que no era la muerte de María.

Mi madre, por su parte, parece que me ha perdonado ya mis celos hacia mi hermana y ha comenzado a decirme que estoy un poco más gordita con la normalidad de siempre. Lo que no quiere es saber nada ni de Jaime, ni de la madre de Jaime. Lo que le preocupa a ella es la deuda de Luisma y el futuro del padre de sus nietos. Mi madre siempre ha criticado a Luisma porque Luisma es muy criticable, pero en el fondo sé que le quiere, aunque sea de la manera esa tan especial que tiene mi madre de querer. Siempre la he escuchado comparar a Luisma con Carlos para recalcarme los continuos fracasos de mi ex. Sin embargo, María me confesaba que mi madre le hablaba maravillas de su yerno pequeño, de lo padrazo que es y de que ojalá algún día tuviera suerte en sus negocios. A mí jamás me ha dicho nada agradable de Luisma y, al parecer, a María tampoco le dijo nada particularmente bueno de Carlos. Lo dicho: esa manera tan especial que tiene mi madre de querer.

Definitivamente, han quitado el programa de sketches por falta de audiencia y Esther me ha contado que quiere dejar la tele. Ella es fija en la productora, pero cree que es el momento de jugársela para dedicarse a escribir, que es lo que realmente le apetece. Dice que o lo hace ahora o que se va a pasar el resto de su vida haciendo programas de testimonios en los que cualquier imbécil quiere pedirle perdón a su amada por haberle pegado hace algunas semanas.

Esther ha convencido a la editorial para descartar la idea de escribir monólogos y les ha propuesto una novela sobre una mujer de treinta y tantos, separada y con hijos, en crisis con todo lo que le rodea, el trabajo, su ex marido, los niños, el sexo... Un día esta chica presencia un crimen y vive aterrorizada con la posibilidad de que el asesino la haya reconocido. En realidad, esta trama es lo de menos, pero en la editorial consideran que hay que meter algo de acción porque una novela de una mujer de treinta y tantos años normal a la que le pasan cosas normales no puede ser un éxito.

La intención de Esther es aportar humor sobre lo cotidiano en la vida de la protagonista y dice que para eso yo le sirvo de mucho. No he leído nada de lo que lleva escrito, pero dice que en algunas escenas voy a verme reflejada. Me hace mucha ilusión, aunque sólo sea para aportar humor, que alguna parte de mí se parezca a la protagonista de una novela. Yo, que soy tan normal.

No creo que Esther tarde mucho en dejar su trabajo fijo en la productora, pero mientras toma la decisión de irse o aparece otro programa más adecuado, mi amiga ha vuelto a trabajar en *Menudo Talento*. El programa está teniendo mucha audiencia y «arriba» han decidido prolongar las galas algunas semanas más hasta llegar al verano. Jonathan ha sacado su primer disco con versiones actualizadas de coplas clásicas y lleva varias semanas el primero en las listas de ventas. El motivo es que el perfil del niño ha encajado en distintos ámbitos sociales. Les encanta a las amas de casa de cuarenta y cinco a setenta años, que ven adorable a ese niño gordito pelirrojo que interpreta con tanto sentimiento y que dedica cada actuación a su abuela. Además, Jonathan se ha convertido en un icono de la modernidad y su versión de «Las cosas del querer» es una referencia en los bares gays. Ante el gran éxito del niño, su padre, aconsejado por alguien, ya ha amenazado a la cadena con abandonar el programa si al niño no se le paga «algo». De momento, él ha dejado su trabajo en la construcción y ha decidido ser a partir de ahora el mánager de su hijo.

El bombazo en el trabajo es que Roberto y Carmen están enrollados. Mi jefa lo tenía claro y al final lo ha conseguido. Está contenta y a través de ella estoy teniendo información de primera mano sobre Roberto. Carmen nos cuenta a Esther y a mí cada mañana lo bien que lo pasa por la noche: que si fueron dos o fueron tres; que ni os lo imagináis sin camiseta; que no recordaba a nadie que hiciera tan bien las cosas; que cree que se está enamorando. Mientras lo cuenta yo no sé si me pongo celosa, o me excito, o me alegro por ella, o me muero de envidia.

Esther reprocha a Carmen lo que dice que nos pasa a todas: «Cuando nos echan cuatro polvos bien echados necesitamos creer que estamos enamoradas». Esther lleva razón, pero no se la doy porque Carmen es mi jefa y yo sí tengo miedo a perder el trabajo. «Disfrútalo», le recomienda, «y déjate de amores, que eres la tercera con la que se enrolla Roberto y sólo lleva aquí dos meses».

Al escuchar eso me da por pensar que a lo mejor alguna vez me toca a mí, aunque yo no quiero ser una más de la lista. Si yo tuviera una relación con Roberto, tendría que ser especial y no sólo sexo. Tendría que haber algo más, debería ser una historia de amor con paseos por la playa, besos en el cine y planes de futuro. Eso me encantaría, aunque lo de «los cuatro bien echados» que decía

Esther tampoco estaría mal. Si los echamos y luego me enamoro, pues qué se le va a hacer. Las mujeres no podemos evitar ser como somos.

Hay veces en las que estoy confusa y no soy capaz de ordenar ni mis ideas ni mis sentimientos. Es algo que descubro con frecuencia en el diván con Lourdes. Mi psicoanalista me pregunta un simple qué tal y yo voy y le cuento todo de corrido y sin parar: «Me cae bien mi hermano nuevo, aunque no sé si llamarle hermano; con mis padres estoy mejor, pero no quiero que me hablen de la herencia de María; de mi hermana me acuerdo todos los días y lloro; estoy loca por Roberto, que no me hace caso; me he vuelto a acostar con Miguel, que quiere salir conmigo, y me he vuelto a acostar con mi ex, y mi asistenta búlgara nos ha pillado; es posible que me quede sin casa por una deuda; no adelgazo y sigo enganchada a la Nocilla; mi amiga Esther se inspira en mí para hacer los chistes de una novela y me siento culpable por no ver lo suficiente a mis hijos».

En ese momento viene la pregunta que hacen todos los psicoanalistas (por lo menos la mía) siempre que le cuento algo que me ha sucedido. Pone tono trascendente y la suelta: «Y eso a ti, ¿cómo te deja?». No puedo soportar esa pregunta y nunca sé qué contestar. Supongo que cada una de esas cosas que le acabo de enumerar a mi psicoanalista me deja jodida y todas juntas me dejan muy jodida, pero eso sería demasiado simple y ya se sabe que en un diván no se puede simplificar. Lo que ocurre es que estoy un poco harta de tanto profundizar en mi interior porque, por mucho que quiera, nada de lo que me ha pasado lo puedo cambiar. Así que estoy jodida, y punto. No hay que darle tantas vueltas a las cosas. No tengo muy claro hacia dónde me lleva ya esta terapia que, además, cuesta una pasta.

—¡Clara!

—¿Sí?

—Que te he preguntado hace un rato que eso a ti cómo te deja.

—Ya te he oído.

—¿Y cómo te deja?

—Quiero dejarlo.

—¿A quién?

—La terapia.

—¿Otra vez?

—Sí. Esta vez para siempre.

—Eso ya lo dijiste la última vez.

—Ya, pero ahora es definitivo.

—Eso también lo dijiste.

—Es que además es carísima.

—Eso sí es verdad.

—Algún día tendré que dejarla.

—Puedes dejarla cuando quieras, nadie te obliga a estar aquí.

—Lourdes, quería decirte de todas formas que me has ayudado mucho.

—Gracias, pero el mérito ha sido tuyo.

—No, ha sido tuyo.

—Yo sólo he hecho mi trabajo.

—Y muy bien hecho, porque eres una gran psicoanalista.

—Gracias, Clara.

—Si no llega a ser por ti, no sé qué habría sido de mí.

—Vale, pero es que es la hora y tenemos que dejarlo.

—Claro, claro.

—¿Vas a venir el jueves y terminas el mes, o prefieres dejarlo en este momento?

—Mejor vengo el jueves y termino el mes.

—Muy bien. En junio ya le doy tus horas a otra chica que estaba esperando un hueco para entrar.

—Bueno, es que ahora que lo pienso a lo mejor estaría bien continuar hasta las vacaciones de verano, ¿no te parece?

—Mejor lo hablamos el jueves.

Jaime está en Madrid y va a comer con mi padre antes de vernos por la tarde en el plató de *Menudo Talento*. Me impresiona la curiosidad que despierta la televisión a todos los que no trabajan en ella. Jaime, ejecutivo de un banco, se muere por conocer cómo es el plató y me ha pedido, si fuera posible, asistir a una gala en directo, saludar al presentador y hacerse una foto con Jonathan.

Muchas veces no entiendo la fascinación que provoca en algunas personas eso que la gente llama «la tele por dentro». Cuando sales con alguien que no es del medio monopolizas los diez primeros minutos de conversación en los que te hacen todo tipo de preguntas que no sabes contestar: el sueldo de los presentadores, si éste está liado con aquélla, si es verdad que los del informativo de por la noche no se hablan, o que si es cierto el rumor de que tal presentador es en realidad heterosexual y que lo de ser gay es fingido.

Toda esa curiosidad que la gente me demuestra por mi trabajo jamás la he notado en mi familia, que nunca le ha dado la más mínima importancia a lo que hago. Especialmente María, que nunca se enteraba del programa en el que estaba trabajando. A ella le interesaba más lo de las fotos de las bodas, y porque le hacían gracia. Mi hermana no veía mucho la tele últimamente, porque había perdido el interés en todo lo que ponían. Decía que prefería leer a perder el tiempo viendo a tanto analfabeto queriendo ser famoso.

Hace algunos años María no pensaba así y algunos de los momentos más divertidos de mi vida han sido viendo la tele con ella. El festival de la OTI y el concurso de Miss España, por ejemplo, eran dos citas ineludibles para nosotras con la única intención de acabar revolcadas por el suelo atacadas de la risa. Nuestra crueldad frente al televisor era infinita despellejando a algún indígena que tocaba el clavicordio y riéndonos de lo fea que es edición tras edición la representante de Logroño, donde es evidente que no saben elegir. Cualquiera que nos viera delante del televisor juraría que nos habíamos drogado y que la droga era dura. Una vez, mientras un señor muy bajito, sin dientes, con cara de bueno y que no paraba de sonreír cantaba con un poncho enorme rojo y un sombrero de paja una canción típica de no sé qué país, nos entró tanta risa que las dos a la vez nos hicimos pis encima. Tal cual. Con más de veinte años, María y yo no fuimos capaces de llegar al único baño de la casa.

Jaime está muy sorprendido de lo pequeño que es el plató de *Menudo Talento*. Eso le pasa a casi todo el mundo que asiste a un programa en directo, que todo le parece más pequeño que en la tele. Jaime me acompaña a la redacción, le presento a Carmen y a Esther, después a Roberto, que anda un poco atacado como todos los días de gala, y por último a Miguel, al que encontramos en un pasillo. Le enseño el control de realización, habla con algunos operadores de cámara y se interesa por todo con la curiosidad de un niño.

—Me encantaría trabajar en la tele.

—No te creas. Es un trabajo de lo más normal.

—Es que a mí me gusta ver la tele.

—Casi nadie presume de eso.

—Casi todo el mundo miente.

Me hace ilusión que Jaime se interese tanto por lo que hago. En un día sabe más de mi trabajo que lo que sabía María o lo que conocen mis padres. A ellos nunca les ha interesado mi vida profesional desde que decidí que iba a estudiar Márketing, que ahora suena bien, pero que en mi casa, cuando yo tenía dieciocho años, se consideraba una cosa menor, nada comparable a la carrera de Medicina que ya estudiaba con éxito mi hermana. Tal desinterés tendrían mis padres en mis estudios que todavía hoy no saben que no los acabé. Antes de hacerlo, me salió trabajo y ya no seguí.

Le cuento a Jaime el presupuesto de algunos programas, de cómo coordinamos los viajes, las comidas, el vestuario, el maquillaje y la peluquería. En la gala de esta noche, por ejemplo, entre los niños artistas, las bailarinas, los familiares, el presentador y las colaboradoras tendrán que pasar por maquillaje más de sesenta personas. Jaime mira fascinado los ensayos de los niños, sus nervios, las prisas de todo el mundo, a los regidores dando órdenes que nadie parece cumplir, a los de sonido probando micros, a los cámaras haciendo balances, a las bailarinas ensayando pasos imposibles detrás del escenario.

—Es maravilloso todo lo que hacéis.

—Tampoco es para tanto.

—Emocionáis a la gente, ¿te parece poco?

Dejo a Jaime en un lugar desde el que puede ver la gala en el plató sin tener que sentarse entre el público y yo me voy a seguir trabajando, que cada vez queda menos para que empiece la gala. Me gusta el movimiento casi histérico que hay a mi alrededor antes de empezar el programa y cuando suena altísima la música de entrada y el público aplaude la salida de las bailarinas me doy cuenta de que me gusta hacer lo que hago. Tiene importancia y además lo hago bien. Jaime me sonríe desde el otro extremo del plató y yo me siento orgullosa. Si no acaba pronto esta sintonía, me pongo a llorar aquí mismo. No sé qué me pasa, todo el día con el llantito, que parezco tonta. El presentador dice «buenas noches» y vuelvo a la normalidad de mis carreras por los pasillos, que no cesarán en las próximas dos horas, hasta que otra vez el presentador se despida hasta el próximo lunes.

Le he ofrecido a Jaime dormir en casa, pero ha decidido pasar la noche en un hotel. Es la mejor decisión porque no sé qué les iba a explicar a los niños si ven en el salón a ese señor tan alto durmiendo en el sofá. De Sornitsa mejor no hablar: lo que me diría si después de pillarme con Luisma, me ve ahora con otro hombre después de haberme advertido mil veces: «Cuidado, Clarra, a mujerres engañar siempre». Mañana he quedado en la estación del Ave con Jaime para comer antes de que coja el tren de vuelta a Barcelona. Antes voy a aprovechar la mañana libre para ir a ver a mi madre y contarle lo de Luisma. Me refiero a lo de la deuda, naturalmente.

Hace un calor insoportable y mi madre y yo nos vamos a una cafetería con aire acondicionado que hay cerca de su casa. Todavía falta para el verano y ya estoy cansada de calor. Espero que refresque en los próximos días porque como esto dure hasta septiembre lo voy a llevar fatal. Luego en invierno me pasará lo contrario, que estaré deseando ponerme manga corta. Estoy contenta porque *Menudo Talento* batió ayer su récord de audiencia, aunque mi madre me dice que se le olvidó verlo. Le cuento que el programa salió de maravilla, pero ella quiere hablar de otra cosa.

—¿Qué pasa con Luisma?

—Que va a buscar trabajo y a empezar a pagar el préstamo.

—Me refiero a si habéis vuelto o no.

—¿Pero qué dices?

—Me ha llamado tu suegra y me ha dicho que está contentísima de que su hijo y tú estéis juntos.

—¡Este tío es bobo! ¿Cómo ha podido contárselo a su madre?

—¿Contarle el qué?

—Que nos hemos acostado.

—Esas cosas pasan. No tiene mayor importancia.

—Qué comprensiva te veo.

—Algunas veces las parejas vuelven a hacerlo después de separadas.

—¿Lo dices por experiencia?

—Lo digo porque lo digo.

—Así que papá y tú...

—¿No estábamos hablando de Luisma?

Nos reímos con una complicidad entre nosotras que no recordaba. Por un momento, no veo a mi madre, sino a una mujer separada de su marido con treinta y un años. Es la primera vez que reparo en eso. Mi madre era muy joven cuando se separó, pero mi hermana y yo jamás la hemos visto salir con nadie. Me apetece hablar de eso. Creo que mi madre se merece, al menos, mi curiosidad después de tantos años. Al fin y al cabo, somos dos mujeres adultas.

—Mamá, ¿durante todos estos años ha habido alguien en tu vida?

—No quiero hablar de eso —me dice, aunque yo no la creo.

—Es imposible que no haya habido nadie. Cuando te separaste eras muy joven.

—Con tu padre me he visto algunas veces... hombre, también está... ¿Por qué hablamos de esto?

—Sigue, por favor, mamá. ¿Quién está?

—Bueno, hubo un par de hombres hace algunos años y... ¡por Dios, qué vergüenza!

—¡Sigue, sigue!

—Y José. Con él sí que...

—¿José?, ¿quién es José?

—José es... Bueno, él y yo tenemos una bonita historia.

—¿Tenemos? ¿Ahora?

—¡Ay, déjame ya con tanta pregunta!

Mi madre me promete que otro día seguimos hablando de su historia con ese señor, que dice que es guapísimo, y de los encuentros que de vez en cuando tenía con mi padre. Me dice que seré la primera de la familia en saberlo porque a María tampoco le contó nada. Sabe que eso me tranquiliza. Me aconseja que tenga cuidado con Luisma, que podemos hacernos más daño del que creemos. Lo dice porque lo sabe. Hablamos de Mateo y de Pablo, del calor que hace y de que tengo que volver a ponerme a régimen.

Me ha encantado pasar la mañana con ella y al despedirme me dan ganas de pedirle perdón, aunque no sé muy bien por qué. Es un sentimiento que no logro identificar, pero creo que le debo algo a mi madre. Debería disculparme por no haberle prestado más atención, por no haberla escuchado, por no haberle agradecido muchas cosas. Qué revelación descubrir que existe una mujer dentro de tu madre. Le he echado tantas veces la culpa de todo lo que me pasaba a mí que ella se me olvidó.

Jaime me está esperando en uno de los restaurantes que hay en la estación. Deberíamos haber comido en otro sitio un poco mejor, porque éste es uno de ésos de franquicia en los que los camareros suelen ser muy desagradables y las camareras más desagradables todavía. Los bocadillos están metidos en una bolsa de papel, la cerveza se tira obligatoriamente sin espuma, la Coca-Cola es de grifo en vaso de plástico y tienes que pagar antes de llevarte la comida a la mesa. En esos restaurantes no hay margen para la improvisación. Es imposible pedir que te pongan un poquito de aceite al bocadillo de queso, porque el bocadillo es así y punto, y si pides un par de croquetitas te dicen que no puede ser, que si quieres croquetas tienes que pedir la ración entera en la que entran doce. Otra de las características de estos restaurantes industriales, al margen de que desconocen la existencia de los boquerones en vinagre, es que hay una lista en la pared con veinte modalidades distintas de café que saben todas igual de mal.

Cuando Jaime y yo nos sentamos a comer, yo sigo pensando en la conversación que he mantenido esta misma mañana con mi madre. Me pone contenta la conexión que hemos tenido y haber descubierto que mi madre estaba viva. Hoy las cosas van bien: tenemos récord de audiencia, descubro que mi madre es un ser humano, estoy guapa con esta camisa rosa, y si el lunes me pongo a régimen, todavía tengo tiempo para perder cinco kilos antes de ir a la playa.

Jaime me agradece una vez más haberle invitado ayer a ver el programa en directo y yo le cuento la buena impresión que causó entre el público femenino de la productora. Él también me pregunta por esa chica guionista que le presenté. Le recuerdo que se llama Esther y que es mi mejor amiga. Por supuesto, no le revelo el sms que ella me mandó al móvil a los tres minutos de presentarles en el que decía: «¡Nena, quiero ser tu cuñada!».

Jaime me cuenta que estos dos días que ha pasado en Madrid han sido muy importantes para él. En nuestro encuentro en Barcelona ya descubrió que yo le caía bien, pero ahora tiene todavía más claro que le gustaría seguir manteniendo el contacto. Le digo que a mí me pasa lo mismo, que al margen del parentesco, podemos ser buenos amigos. ¿Por qué no?

Mientras hablamos de lo bien que nos caemos y de lo malo que está el bocadillo de tortilla, Jaime me cuenta que ayer pasó toda la mañana con mi padre. Me dice que se verán dentro de unas semanas en Barcelona para comer con Maite. Jaime opina que sería una buena idea que yo también fuera. Me habla maravillas de mi padre, que le parece una gran persona y que a mí me quiere muchísimo. De repente se me está empezando a atragantar un poco el bocadillo con tanta bondad. Una cosa es llevarse bien, intentar recuperar el tiempo perdido con mi hermano recién conocido, y otra es que yo me tenga que hacer amiguita de Maite.

—A mí, la verdad, no me apetece nada conocer a tu madre.

—Haz lo que quieras.

—Tampoco entiendo por qué tú tienes tanto interés en estar con mi padre.

—Sólo quiero conocerlo. ¿Qué hay de raro?

—Pues que tu padre es el que te ha criado, no el tío que echó un polvo a tu madre.

—Si no te importa, podrías evitar ese tipo de comentarios.

—Lo que quiero decir es que Fermín no es tu padre por mucho que te empeñes.

—Mira, Clara, yo sé perfectamente quién es mi padre y no vas a venir tú ahora a decírmelo.

—Entonces, ¿a qué viene ahora jugar a la familia feliz?

—Yo no juego a nada. Sólo respeto el amor que mi madre siente por Fermín.

—¿Amor? Si hubiera estado enamorada, se habría separado de tu padre y se habrían ido a vivir juntos.

—Tú eres una listilla, no tienes ni idea de lo que pasó.

—¿Y tú lo sabes?

—Por lo menos intento entenderlo, no como tú, que lo único que haces es quejarte de que tu padre no te lo contara.

—Es que no me lo contó.

—¿Tú le has preguntado a tu padre lo que siente por mi madre?

—No, ni pienso.

—Pues te sorprendería saber lo mucho que la quiere.

—No la querría tanto si también se ha estado acostando con mi madre durante todos estos años.

—Esas cosas pasan. No tiene mayor importancia.

—Eres la segunda persona que me dice eso esta mañana.

—¿Cómo?

—Que esta mañana mi madre... Bueno, cosas mías.

Dentro de un par de semanas les dan las vacaciones a los niños y no sé qué voy a hacer. Estoy pensando en apuntarlos a un campamento urbano de verano hasta que yo pueda coger vacaciones. Este año no sé lo que haremos, pero me gustaría ir a alguna isla, Ibiza o Mallorca, porque los niños no han montado en avión y les hace ilusión. Aunque no podamos ir los quince días, para una semana y los billetes de avión sí me da.

María y yo pasábamos cuando éramos pequeñas un mes de verano en la playa y otro en el pueblo de nuestros abuelos paternos. Cuando estábamos en la playa, en julio, quince días estábamos con mi padre y los otros quince con mi madre. Luego en el pueblo de mis abuelos, en agosto, estaban casi siempre los dos juntos. Era otra de las incoherencias en la manera en la que mis padres llevaban su separación. Nadie los entendía.

A los padres de mi madre no les conocimos porque murieron antes de que nosotras naciéramos. Mi abuela era, al parecer, una mujer débil que tenía problemas en el aparato respiratorio y una pulmonía que se le complicó acabó con ella nada más cumplir los cincuenta. Mi abuelo murió un par de años después al caerse de un cuarto piso cuando intentaba colgar un toldo en su balcón. Una muerte absurda, pero una muerte al fin y al cabo. Mi madre decidió darle cierto aire de importancia a aquel fatal accidente diciendo que su padre había muerto «realizando una instalación».

La playa es otro de los lugares que siempre relaciono con María y con mi infancia. Nos pasábamos horas y horas jugando en la orilla con la arena, haciendo hoyos, enterrándonos, construyendo castillos. Eran jornadas de nueve de la mañana a nueve de la noche. Mi madre llevaba tarteras con fiambre, pimientos fritos, tortilla de patatas y filetes empanados. También teníamos una nevera con hielos en la que llevábamos agua, gazpacho y botellas de dos litros de Casera cola, mucho más barata que la Coca-Cola y que según mi madre sabía «igual-igual».

Qué hambre cuando mi madre quitaba la tapa al recipiente de plástico y el olor de la tortilla con los filetes empanados encima lo llenaba todo. Recordar ese olor todavía me sigue emocionando.

La quincena en la que estábamos con mi padre también tenía encanto. Preparaba bocadillos para la merienda, pero la comida la hacíamos en un chiringuito de playa en la que todos los días comíamos paella con Coca-Cola de verdad.

La playa todavía me sigue encantando. Ahora que soy madre me gusta ver a Mateo y a Pablo jugar en la orilla como lo hacía yo con María. Me gusta tomar el sol y escuchar música por los cascos mientras leo revistas y comerme una bolsa de patatas fritas sentada en la toalla todavía mojada después del último baño. A mí la playa me gusta con sol, en verano y con gente. En invierno, la orilla de una playa desierta es un lugar maravilloso para relajarse y pensar... pero en qué. A mí no se me ocurre nada. Me siento en la orilla, miro el horizonte, veo cómo llegan y se van las olas con su espuma blanca y me digo «qué relajación, qué sitio tan bueno para pensar», pero a los dos minutos no sé lo que tengo que hacer, porque allí no pasa nada, ni puedo tomar el sol, ni bañarme, no se me ocurre nada y me aburro. A mí la playa me gusta en verano, que es cuando de verdad le saco partido.

Quedan tres finalistas en *Menudo Talento*, pero todo el mundo da por hecho que Jonathan será el ganador. El niño tiene magnetismo, una mirada tan tierna que te apetece llevártelo a casa y además es un prodigio de voz. Jonathan, que como todavía es un niño no sabe que es gay, ha cantado en las últimas galas con menos amaneramiento. Al parecer, el padre, aconsejado por un mánager profesional que se ha ofrecido a ayudar desinteresadamente, le ha dicho que en el escenario hay que ser más varonil. El niño no entiende nada y está hecho un lío, pero como canta tan bien y el público está con él, sigue arrasando en las votaciones telefónicas. Lo dicho, cuando termine *Menudo Talento* y cierre presupuestos, me voy de vacaciones.

Me he hecho un cambio de look, que me lo pedía el cuerpo. No ha sido gran cosa, pero me he cortado el pelo y me he dado reflejos un pelín más claros que mi color natural, que es castaño. Mi color de pelo es el de todo el mundo y el de mis ojos, cuando hay determinada luz, parece verde. Por lo menos me lo parece a mí, que siempre me ha hecho ilusión tener los ojos claros. Yo diría que mis ojos son color miel, aunque mi madre insista en que son simplemente marrones, sin más matices. Óscar es el peluquero del programa y a punto ha estado de convencerme de que debía cortarme el flequillo y desigualarme los lados. No me he atrevido, pero me he quedado con las ganas. No me atrevo a hacer un montón de cosas. Ponerme un tatuaje, por ejemplo, es algo que también me apetece mucho y tampoco soy capaz. Me gustaría, pero cuando estoy a punto de decidirme me entra la prudencia y anulo la cita. El día que me atreva, me haré una flor pequeña que una vez le vi a una chica en el metro y que me encantó. Estuve a punto de preguntarle dónde se la había hecho, pero a eso tampoco me atreví.

Llevo cinco días a dieta y esta vez sin rebanadas de Nocilla de por medio. Ensaladas de canónigos, pollo a la plancha, pescado hervido y sandía. Según la báscula, no he adelgazado ni medio kilo, ni siquiera me he deshinchado, pero, curiosamente, me veo más guapa que nunca. Miguel no para de decírmelo desde que somos novios. Hace un par de viernes fui a cenar con él y le dije que sí de manera oficial. Desde ese momento estamos saliendo juntos, lo que significa que no sólo nos acostamos, sino que también podemos ir al cine o hacer algún plan para un fin de semana. De momento, no ha dado para mucho, pero todas las mañanas en el trabajo nos damos un beso en los labios, me dice lo guapa que estoy y hemos hecho planes para ir al cine el sábado que viene. Otra muestra de que Miguel y yo estamos juntos es que ayer me tocó el culo en un pasillo y yo no pude enfadarme, aunque, la verdad, no me gustó demasiado. En fin, que lo nuestro se va pareciendo a una relación, a pesar de lo de Luisma.

A mi ex quise dejarle claro que lo de aquel día fue algo aislado y que no debería volver a pasar. Lo que ocurre es que cuando fui a decírselo a su casa completamente decidida a quitarle cualquier esperanza de que volviéramos a estar juntos, nos volvimos a enrollar. En su habitación de soltero, con sus padres viendo la tele en el salón, Luisma y yo tuvimos un calentón, y entre «un esto no puede ser» y un «esto no tiene sentido», acabamos haciéndolo en su cama de noventa de una manera más propia de adolescentes que de un matrimonio con hijos.

No sé qué me pasa ahora con Luisma, que me excita como no recordaba. Tiene ventaja, porque me conoce mejor que nadie, pero no es sólo eso, es que ahora me da mucho morbo hacerlo con él. Me pasa desde que tuve aquella conversación con mi madre en la que me confesó que después de separarse había vuelto a tener relaciones con mi padre. En mis últimas sesiones con Lourdes, con la que me seguiré tratando hasta que sea preciso, hemos estado hablando mucho de esta especie de liberación que me ha producido ese secreto de mi madre.

Roberto sigue estando igual de bueno y sigue estando con Carmen, pero a mí me empiezan a dar igual las dos cosas. Ojalá les vaya bien y Carmen no sufra demasiado cuando Roberto la deje, como es probable que suceda tarde o temprano. Esther se ha comprometido a quedarse en la productora hasta que termine *Menudo Talento*, pero la cabeza la tiene en su novela. Me ha enseñado algunas cosas de las que lleva escritas y con bastantes situaciones es imposible no reírte a carcajadas.

Ella quiere llevar su texto permanentemente hacia el humor, pero los editores opinan que la protagonista debe sufrir un poco más para que el público se sienta identificado. A Esther le han dejado clara la fórmula que hay que aplicar para que una historia sea un éxito: una chica de treinta y tantos se fija en un chico malo-guapo-mujeriego que no le hace caso, y ella a su vez no hace caso a uno bueno-tímido-adorable que está loco por ella. Tras múltiples situaciones de enredo, el malo-guapo-golfo se enamora también de la protagonista, aunque ésta acaba casándose con el bueno-tímido-adorable, con el que será muy feliz. Por el medio puede meter lo que le dé la gana, pero así tiene que acabar. Esther casi me mata el otro día cuando le dije que lo que me había dejado para leer era graciosísimo, pero que me recordaba en algunas cosas a Bridget Jones. Le sentó fatal. Lo que ella está escribiendo, dice, tiene muchos más matices.

Con Jaime hablo mucho por teléfono y ya hemos superado nuestro encontronazo de la estación. Va a venir el día de la final de *Menudo Talento* y luego se va a apuntar a la fiesta de después. A él le apetece mucho y no digamos a Esther, que ha puesto a Jaime en su punto de mira y ese día no se le escapa.

Las cosas están más claras ahora entre Jaime y yo. Él puede relacionarse todo lo que quiera con mi padre, pero yo no quiero ver a Maite ni en pintura. Me da igual no llevar razón, pero tanto mi padre como mi hermano nuevo deben respetar mi decisión. No sé por qué sucede, pero si pienso en Maite, quiero más a mi madre. Eso me gusta, es como un pacto de lealtad que nadie me ha pedido, pero que me hace sentir bien. Querer a mi madre me hace feliz, aunque cuando más la quiero es cuando no estoy con ella.

Ya sé más cosas sobre José, el hombre que, junto a sus nietos, le hace más feliz. Es el relojero de la esquina de la calle donde vive mi madre. José es un señor de unos sesenta y pocos, que aparenta los que tiene y que es muy guapo. Es flaco, siempre camina muy recto y es alto. Tiene el pelo blanco, bien peinado hacia atrás. Es de piel morena y tiene la cara muy arrugada, pero con arrugas gordas, lo que le da aspecto de fortaleza, a pesar de su delgadez. Si alguien tiene arrugas gordas es un hombre maduro, pero si las tiene finitas es un hombre viejo. José siempre lleva corbata oscura y lisa y camisa blanca, que combina con una chaqueta de traje gris perla o con una bata blanca cuando se sienta a arreglar relojes. Es elegante, con aspecto de militar retirado y formas de profesor de literatura. José es viudo desde siempre y protagonista de una historia de amor con mi madre de la que no sé casi nada. Mi madre me dosifica la información con cuentagotas, pero viendo a ese señor la comprendo y le alabo el gusto. A mí los relojeros también me fascinan. Creo que podría pasarme horas viéndoles manipular esas piececitas mínimas encima de su mesa de madera repleta de cosas. Lo que pasa es que mi madre y José no me parece que peguen en absoluto, tan arrebatadora ella y pausado él, pero ya digo que me falta información.

Carlos ha traspasado la clínica de traumatología y ayer se marchó a Nueva York. Me ha dejado el contacto de la persona encargada en la empresa a la que ha contratado para que venda todas las propiedades de María y suyas. A pesar de que sabe que a mí no me apetece nada, me suplicó que estuviera pendiente del tema, porque había notado que mi padre lo estaba pasando muy mal haciendo este tipo de gestiones.

Me pidió que fuera al aeropuerto a despedirle porque a lo mejor tarda en volver. Allí estaba su familia, a la que yo apenas conozco, pero todos me dijeron lo mucho que me parezco a María. Carlos llevaba un sombrero y se ha dejado barba, así que casi tuve que reconocerle por su cojera de ambas piernas. ¿Cómo es posible que una persona pueda cambiar tanto de aspecto en tan pocos meses? Cuando ayer se despidió de mí con un fuerte abrazo y un par de besos, tuve la sensación de que pasará mucho tiempo hasta que vuelva a ver a mi cuñado.

Me dijo una vez más que nunca olvidara lo mucho que me quería María, me mandó un beso fuerte para los niños y un saludo para Luis Mariano, que aunque hayan tenido sus cosas, dice que siempre le ha caído bien. Le perdoné esa mentira, le deseé suerte y quedamos en comunicarnos a través del e-mail para mandarle fotos de los niños. Cuando regresaba a casa desde el aeropuerto, iba pensando en que nunca hubiera creído que Carlos quisiera tanto a María. Me he dado cuenta ahora que se ha muerto.

Llevo algunas semanas soñando con María casi todos los días. Son sueños agradables, pero con un final brusco que me despierta en mitad de la noche. María y yo estamos en una habitación y nos tocamos. La habitación que aparece en casi todos los sueños es en la que dormíamos cuando éramos niñas en casa de mis padres. Las paredes de aquella habitación estaban empapeladas con un papel blanco con rayas de un rosa muy claro y amueblada con un par de camas de madera de pino y una mesilla a juego en medio de las dos. Encima de esa mesita había una lámpara diminuta que alumbraba tan poco que casi daba igual encenderla.

En el sueño María y yo no hablamos, pero la sensación cuando nos acariciamos es maravillosa. Estamos cogidas de las manos, con los dedos entrelazados y de vez en cuando nos tocamos el pelo, la cara, nos abrazamos.

Cuando María y yo éramos adolescentes nos dejamos de besar y de abrazar tanto como lo hacíamos de niñas. Nunca supe por qué. Besar a mi hermana siempre había sido fácil hasta un día en el que dejó de serlo. Ya no era fácil decirle cuánto la admiraba.

En el sueño está sonando una música suave, con un ritmo constante, algo así como clásica, pero que sería fácil de bailar. La música no la tengo clara, a lo mejor sólo suena en mi mente.

Hay un momento en el que vamos a decirnos algo, empezamos a hablar las dos a la vez y nos interrumpimos. Nos pedimos perdón y nos decimos cada una de nosotras a la otra que hable ella. Las dos volvemos a hacerlo a la vez, y de nuevo nos interrumpimos. Nos entra la risa y justo en plena carcajada María desaparece y yo me despierto. La risa hacía ruido y, de pronto, el silencio y la ausencia. No sé qué quería decirme María, ni qué tenía que decirle yo a ella. Eso me agobia mucho. Daría lo que fuera por poder escucharla.

Lourdes dice que ahora que han pasado algunos meses es cuando estoy tomando conciencia de la muerte de María. Mi psicoanalista dice que el sueño va por ahí y que deberemos trabajar mucho en él. No estoy de acuerdo en eso de que ahora es cuando empiezo a ser realmente consciente de la muerte de mi hermana. Eso no es así. Ojalá no fuera consciente, así no dolería tanto.

Por fin es sábado, pero no me ha dado tiempo a ir al cine con Miguel como habíamos previsto porque he salido tarde de una boda que tenía que fotografiar. El banquete era a mediodía, pero no ha terminado hasta pasadas las nueve de la noche. Voy corriendo a mi casa para arreglarme, a ver si podemos cenar a una hora prudente sin que los camareros pongan mala cara.

Los novios que he fotografiado hoy eran ecuatorianos y se parecían muchísimo entre sí, tanto que he tardado un rato en darme cuenta de quién era el novio, porque yo pensaba que era el hermano de la novia. Los dos tenían la misma cara, pero a la novia le quedaba peor. Eran muy feos y miedo me da cuando vean las fotos, que la culpa me la van a echar a mí. La gente fea sabe que es fea, pero se piensa que por algún milagro de los cielos el día de su boda se vuelve guapa. Casi siempre es todo lo contrario, porque aparte de seguir siendo feas, se ven raras con el vestido, el recogido y el maquillaje.

La novia de hoy, que se llamaba Gladis, medía apenas un metro cincuenta, estaba gordita y tenía la cara redonda. El vestido lo llevaba todo, recargado desde el cuello hasta el final de la cola. De talle alto y mangas de farol, de las que salía un trocito de brazo rechoncho hasta llegar a unos guantes de encaje casi hasta el codo. El chico, que, además de tener la cara igualita a la de su mujer, medía lo mismo, iba con un traje negro de raso brillante con la chaquetita corta y remates en terciopelo en las solapas y en la costura del pantalón, una camisa blanca con chorreras en el pecho y unos zapatos de charol con la hebilla dorada. El maquillaje de la novia era color arcilla, la sombra de ojos con mucho brillo, la raya negra muy ancha pintada por fuera y los labios rojo intenso.

Ya estoy sentada enfrente de Miguel, que espera hace media hora en la mesa y va por la tercera cerveza. Me piropea lo guapa que estoy y me dice que por mí se puede esperar media vida, así que media hora es un suspiro. Así da gusto empezar. Pronto comenzamos a hablar del programa, porque cuando empiezo a contarle lo horteras que eran los novios del reportaje de esta tarde, noto que no me entiende. Al describir al novio me pregunta que qué tienen de malo las chaquetillas cortas y al contarle lo de la novia me pregunta que qué es llevar el talle alto. Prefiero cambiar de conversación porque por ese camino nuestra relación no tiene ningún futuro. Sigamos pues con el vino y aprovechemos esta noche de verano.

Al finalizar la cena, Miguel me propone pasar la noche en un hotel en vez de ir a su casa. Me apetece el plan, me gusta la parte de aventura que tiene para mí atravesar el hall de un hotel con un hombre sólo para acostarme con él. No es lo mismo hacerlo en un hotel porque estás allí pasando un fin de semana con tu pareja, que ir a un hotel expresamente a acostarte con alguien, sin ni siquiera unas bragas de repuesto.

Miguel pide por teléfono en recepción que suban champán. Mi novio hoy está espléndido, porque esta habitación le ha tenido que costar una pasta. Es grande, con tele de plasma y en el baño hay una bañera y una ducha aparte. Hay albornoces de esos gordos que secan tan bien, y la cama es de dos por dos. Estoy excitada. Más de lo que recuerdo haber estado nunca con Miguel en ninguna de nuestras dos épocas. A lo mejor es el calor, o quizá los escarceos con Luisma, el caso es que me he activado sexualmente más de lo normal en mí. Un montón de noches en las últimas semanas he jugado sola antes de dormir y me tengo cogido el punto de tal manera que la cosa no pasa de dos minutos. Hay días que me gustaría darle a aquello un poco más de importancia, pero ¿para qué?, si estoy sola. Voy directa al grano y en un suspiro me quedo nueva.

Ya hemos empezado a besarnos cuando el camarero llega con el champán. Miguel recoge en la puerta la botella, la cubitera y las copas y le da diez euros de propina al chico, que mira desde el pasillo a ver si ve algo. Brindamos y nos bebemos la copa de un trago. Miguel baja la intensidad de la luz, nos besamos, nos desnudamos, abrimos la cama y nos tumbamos. Tengo muchas ganas de sexo y no me importa que se me note. Miguel siempre se comporta en la cama siguiendo los parámetros habituales. Las cosas no las hace mal, pero le falta improvisación. Todas las veces hace el mismo camino de ida y vuelta, que consiste en ponerse encima, besar los labios, besar el cuello, besar un pecho, besar el otro, besar el ombligo, besar abajo, besar otra vez el ombligo, besar un pecho, besar el otro, besar el cuello, besar los labios y una vez concluidos lo que él considera preliminares y colocados en la posición adecuada, es el momento del coito, que en realidad es para lo que estamos aquí.

Esta noche tengo que romper esa dinámica y para eso tendré que tomar yo la iniciativa. No puedo estar esperando a que Miguel acierte, porque eso no va a ocurrir. En cuanto llega a mi segundo pecho y antes de empezar a bajar al ombligo decido apartarle y ponerme yo encima. Sentada sobre él, cojo la copa de champán de la mesilla y la vacío en el cuerpo desnudo de Miguel antes de beberla. Como en las películas. Si me viera desde fuera, no me reconocería.

Miguel está tan excitado que me pide que pare si no quiero que esto acabe antes de lo deseado. Eso no puede ocurrir, hoy quiero tener mi primer orgasmo con Miguel. Y lo voy a tener. Nuestra historia se lo empieza a merecer. Le invito a que sea él el que beba champán en mi cuerpo y le marco el camino exacto, el ritmo preciso, la intensidad necesaria. Miguel me pide que le pida lo que quiero. Le excita que le hable y a mí que me haga caso. Vuelvo a ponerme encima y ahora sí es el momento, ahora quiero que esté dentro y él se muere por estar. Nos movemos con ansia, le noto a punto de estallar y yo comienzo a temblar sin poder evitarlo. Miguel me dice que va a acabar y cuando le escucho empiezo a acabar yo. Miguel termina y yo me desplomo encima de él. Tardo bastante rato en que se me pase este temblor involuntario. Pienso, todavía vibrando, que si a Miguel ahora mismo le diera por seguir, yo tendría el segundo en medio minuto. Mejor dejarlo para otro día, porque ahora tengo claro que quiero que haya más días con Miguel.

Todavía desnuda encima de la cama me doy cuenta de que estoy agotada. Me levanté a las ocho, recogí la casa, puse dos lavadoras, arreglé a los niños, los llevé a casa de mi suegra, hice la boda de los novios parecidos y lo que ha venido después. Me acurruco con la cabeza encima de su pecho fuerte y cierro los ojos. Miguel levanta la sábana para cubrirnos y noto cómo muy lentamente me voy quedando dormida mientras me acaricia el pelo. El último pensamiento que recuerdo despierta es que me gusta estar así, que me gusta estar con él.

No me queda más remedio que reñir a la madre de Luisma. Una cosa es que quiera que su hijo y yo volvamos a estar juntos y otra es que le empiece a meter a los niños esa idea en la cabeza. Mateo lleva algunos días preguntando cuándo vuelve papá a casa y Pablo me suplica que sea pronto.

—¿Tú quieres que venga papá? —me pregunta Mateo.

—Mami, yo quiero que papá viva aquí, porfa —añade Pablo al oírlo.

Me dejan sin opción, sin respuesta posible, e intento salir de allí ganando tiempo.

—Bueno, ya veremos qué pasa.

No es suficiente, los niños quieren darme argumentos para que yo entienda que papá debe estar en casa.

—¡Mamá, es que tú nunca estás!

Los niños tienen un poder infinito para destrozarte sin aparente esfuerzo. La frase de Mateo me ha hecho tanto daño que he estado un buen rato noqueada. Les contaría a mis hijos un montón de cosas, pero todas sonarían a justificación por no estar el tiempo suficiente con ellos. Les diría que no puedo hacer más. Tengo dos trabajos para sacar yo sola una casa adelante y mantenerlos a ellos sin ninguna ayuda económica de su padre: efectivamente, me estoy justificando. Ya, pero no pienso pedir disculpas por dedicarme a vivir mi vida unas horas al día, no voy a sentirme culpable por irme algún sábado a tomar algo, o a lo que me dé la gana. Tengo treinta y cinco años y mi vida no puede consistir sólo en trabajar y cuidar niños: otra vez me estoy justificando.

—Cariño, mamá está cuando puede. Es que tengo mucho trabajo.

—Ya, pero la abuela dice que el sábado por la noche no se trabaja.

—Joder con la abuela de los...

—¿Qué dices, mamá?

—Nada, cariño, que yo intento estar con vosotros todo lo que puedo, pero hay veces que tengo que salir a divertirme un poco.

—¿Y por qué no te diviertes con papá?

—También me divierto con papá. Él y yo somos buenos amigos.

—Los padres no pueden ser amigos, son padres.

—Bueno, pues nosotros somos padres y amigos.

—¿Pero os queréis?

—Claro que nos queremos, cariño.

—Entonces sois padres.

Llamo a Luisma para que sea él el que le diga a su madre que no les vuelva a hablar a los niños de ninguna futura vuelta, que además nunca se va a producir. O se lo dice él, o se lo digo yo.

—¿Luisma?

—Hola, cariño, mi madre te ha hecho croquetas.

—A mí no me llames cariño...

—Vale.

—Y dile a tu madre que no vuelva a decirles a los niños que tú y yo vamos a volver a estar juntos.

—¿Y qué tiene que ver mi madre en eso?

—Pues eso digo yo. ¿Por qué se mete?

—¿Que mi madre se mete?

—Claro que se mete. Si hasta ha llamado a la mía para decirle que vamos a volver.

—¡Esta mujer!

—¡Ni esta mujer ni leches! La culpa la tienes tú por contarle lo que no debes.

—Ya sabía yo que al final yo siempre tengo la culpa de todo.

—¡Pues tú dirás quién la tiene!

—La tengo yo. Ya te lo estoy diciendo.

—Claro que la tienes tú.

—¿Vas a venir a por las croquetas o qué?

—¿Qué croquetas?

—Pues las que te ha hecho mi madre, que no me escuchas.

—¡Que yo no quiero croquetas!

—Pues te ha hecho tres tarteras. A ver qué hacemos ahora aquí con tantas croquetas.

—¡Y yo qué sé!

—A ti te encantaban las croquetas de mi madre.

—No tanto.

—Pues siempre le decías que te encantaban.

—¿Pero por qué estamos hablando de croquetas?

—No sé. ¿De qué quieres que hablemos?

—Adiós, Luisma.

A estas alturas no puede pasarme a mí esto. Es para matarme. No puede ser tan difícil rehacer mi vida. Lo estaba intentando, me levantaba cada mañana con ganas de vivir, convenciéndome de que me gusta lo que tengo y que me interesa lo que hago. Estaba a punto de lograrlo y ahora me pasa esto. No lo quiero ni pensar, pero da igual lo que yo quiera porque este test lo dice bien claro. No puedo superar esto, no seré capaz de hacerlo bien. Lo mejor es que se pare el mundo. Ésa sería la única solución. Si eso no pasa, que alguien me explique qué puedo hacer yo. Es una tontería engañarme para ganar tiempo, porque el tiempo seguirá corriendo.

Acabar con esto es lo único que se me ocurre. Siento que no tengo más fuerzas para seguir luchando, ni ganas de parar de llorar. Eso voy a hacer, meterme en la cama a seguir llorando, hasta que me consuma de tanto llorar. No quiero pensar que al final todo se va a arreglar, porque eso es lo que siempre pienso y mira luego lo que pasa. No me lo creo. Ahora sólo quiero meterme en la cama y no salir de ahí.

Por fin ha llegado la última gala de *Menudo Talento.* Ha sido un programa fantástico para mí, pero ya voy teniendo ganas de que acabe. Ha sido mucho trabajo todos estos meses y necesito bajar un poco el ritmo. Hoy todos estamos un poco atacados. Desde «arriba» hasta las señoras de la limpieza, pasando por Roberto, Miguel, Carmen, Esther, yo misma, todo el equipo técnico, el coreógrafo, los bailarines y los tres niños finalistas. Ellos se están jugando un premio de trescientos mil euros y lo que creen que será una carrera triunfal en el mundo del espectáculo.

El favorito es Jonathan y por eso es el que más presión tiene. Los otros dos son Emilio, de catorce años, que toca el violín, y Elisa, de trece, que es humorista y que se metió por los pelos en la final superando a Marieta, la niña ciega que tocaba la bandurria. Me dio rabia porque Elisa, que reconozco que es una niña muy guapa, a mí me parece un espanto de niña. Una de esas que demuestran arte y salero a todas las horas del día, tan resuelta, tan lista, tan maruja prematura, tan antinatural, tan vieja, tan cargante, tan exagerada para llorar, tan falsa para reír...

Jaime llegará poco antes de empezar el programa, porque trabaja y no puede coger el Ave hasta las siete. Esther no ha parado de preguntarme los últimos cuatro días si estoy segura de que mi hermano se vendrá después a Zielito, la discoteca en la que celebraremos la fiesta fin de programa. Esther dice que se alegra de que esté saliendo con Miguel, pero yo no la noto muy contenta. A mí, con la que tengo encima, esas cosas me dan bastante igual.

Roberto sigue con Carmen, aunque sigo sin saber cuánto van a durar. Carmen se merece tener más suerte con los hombres de la que ha tenido hasta ahora. Tuvo un novio durante tres años que la maltrató y después se casó con un hombre que murió a los diez meses de matrimonio en un accidente de tráfico. Yo sufro por ella cada vez que la veo hacerse ilusiones con Roberto, porque es imposible que eso llegue a ninguna parte.

Todo el público de esta noche serán familiares y amigos de cada uno de los tres concursantes y los colocaremos en tres gradas distintas. Además, están previstas conexiones con cada una de las ciudades de los niños para que la gente anime desde allí a su vecino artista a través de una pantalla gigante. La sala VIP de invitados esta noche en el plató estará repleta porque va a venir todo el mundo de «arriba» y algunos incluso de «más arriba», a éstos casi nadie les conoce de cara, pero si alguien pronuncia su apellido, la gente parece ponerse firme.

Emilio va a hacer una versión con el violín de «Smoke on the Water» de Deep Purple, acompañado de un batería y dos guitarras eléctricas; Elisa va a hacer un monólogo sobre el desgaste de las parejas cuando llevan muchos años juntos; y Jonathan cantará *Yo soy ésa,* que era la preferida de su abuela.

Luisma me ha llamado esta mañana para preguntarme si podía venir al programa y luego apuntarse a la fiesta de después.

—Así te acompaño.

—¿Y por qué me tienes que acompañar?

—Mujer, para que no vayas sola.

—No voy a ir sola, voy a ir con mi chico.

—¿Qué chico?

—No tengo por qué darte explicaciones.

—Entonces es que no tienes chico.

Me cruzo con Miguel, que va como loco por los pasillos intentando solucionar algunos problemillas con las conexiones con las ciudades de los niños y me dice que luego me llama. Yo tampoco paro, porque me han fallado un par de autocares para traer a los familiares al plató y además no vale el cátering que tenía previsto y tengo que contratar otro mejor para que atienda como es debido a los de «muy arriba»: mejor jamón, canapés selectos, pastelitos variados y buen Rioja. En la sala VIP tengo que instalar una pantalla plana, que no tengo ni idea de dónde la voy a sacar.

—¿Diga?

—¿Clara García?

—Sí, soy yo.

—Tranquila, que su hijo está bien, pero...

—¿Mi hijo?, ¿qué pasa?, ¿quién es usted?

—Tranquila, señora. Le llamo del campamento urbano. Es que su hijo Mateo se ha hecho una brecha jugando en el patio y está en el hospital público Virgen María de la Sagrada y Purísima Concepción de Nuestro Señor Jesucristo.

—¿Y qué tiene?

—Ocho puntos en la coronilla, pero está muy bien. El tema es si puede venir alguien a recogerlo.

—Claro, claro. Ahora voy yo.

No encuentro a Luisma, que ha debido de apagar el móvil después de nuestra conversación. No sé ahora mismo cómo me voy a marchar de aquí con la que tengo encima, pero me imagino la cara de mi niño allí solito en el hospital y me quiero morir. Tengo que irme ya y así me da tiempo a llevarlo a casa antes de las cinco y venirme corriendo otra vez al plató. Lo mejor será que me vaya en taxi y así puedo hablar por el móvil para contratar un cátering nuevo, dos autocares y una pantalla en las próximas dos horas. ¡Pobrecito mío, el golpe que se ha tenido que dar! Dónde se habrá metido Luisma. Nunca está cuando se le necesita, qué desastre de hombre.

—Hola, por favor vamos al hospital Virgen de la Sagrada Concepción de Nuestra Señora María.

—Será Virgen María de la Sagrada y Purísima Concepción de Nuestro Señor Jesucristo.

—¡Eso!

Nadie coge el teléfono, ni la empresa de autocares, ni los de la pantalla, ni el cátering. Sólo lo cojo yo a todo el mundo que no para de bombardearme con preguntas que no sé contestar sobre los vestidos de las bailarinas, sobre a qué hora come el equipo, a qué hora citan al presentador y que dónde está el dinero de la caja para comprar una plancha nueva a sastrería, que la vieja se ha roto. Hace mucho calor, hay atasco y este taxi huele fatal. Carmen me ha llamado nueve veces desde que salí de la productora hace diez minutos para preguntarme si ya estaba todo a punto y para asegurarse de que a las cinco estoy de vuelta.

Mateo está tumbado en la camilla con una venda en la cabeza a modo de turbante. Le han hecho radiografías que confirman que no tiene nada importante salvo la herida y me lo puedo llevar a casa cuando quiera. Mateo está mimoso y quiere que le lleve en brazos hasta que cojamos el taxi camino a casa. Compruebo lo mayor que se ha hecho porque no puedo con él de lo que pesa. Con mi hijo encima no puedo coger el móvil, que no para de sonar dentro del bolso. En cuanto llegue a casa me tengo que volver a duchar porque estoy empapada de sudor. No me va a dar tiempo.

Por fin llegamos a un taxi y recupero mi actividad telefónica, con mi hijo con la cabeza vendada mirándome como si fuera una loca. Contrato los autocares, discuto el precio del jamón de bellota, saco una pantalla de treinta y tres pulgadas al precio de una de veintinueve, tranquilizo a Carmen, no encuentro a Luisma y respondo a las tres llamadas perdidas que tenía de Miguel para ver dónde me había metido, que no me encontraba en el plató.

—¡Mamá, quédate conmigo esta tarde, por favor!

—No puedo, cariño. Tengo que trabajar, pero te prometo que...

—¡Jo, mamá! Es que nunca estás.

—¡Mierda, Mateo! ¿Cómo puedes ser tan egoísta? ¿No ves que no paro? Eres un niño mimado.

Mateo se pone a llorar sin consuelo y noto cómo el taxista me mira por el retrovisor con cara de desprecio. Me siento fatal e intento consolar a mi hijo, al que acabo de gritar de forma desproporcionada. Le coloco su cabecita encima de mi pecho y le pido mil veces perdón.

—No te preocupes, mamá. Si tienes que trabajar, vete, que no pasa nada.

Eso me hace sentir aún peor y de regreso al plató tengo un sentimiento de culpa que me resulta insoportable. He dejado a Mateo tumbado en el sofá con Sornitsa y no me ha dado tiempo a ver a Pablo, que no llega del campamento en el autocar hasta las cinco y media. A ver si se acaba ya la gala de esta noche y vuelvo a casa, porque con Mateo así, yo no voy a ir a Zielito.

Jonathan, Emilio y Elisa están muy nerviosos en la parte trasera del escenario, el público está sentado en las gradas, han llegado los de «arriba» y los de «muy arriba», que comen jamón en la sala VIP, el presentador se ajusta la pajarita, las conexiones están dispuestas, suena la música, entra cabecera, salen las bailarinas y comienza la gala final de *Menudo Talento.*

Jaime, que llegó con la hora justa, está viendo el programa junto a Esther en un monitor que hay detrás del escenario. Yo me estoy ocupando sobre todo de los caprichos de los cuatro artistas invitados que vienen a actuar esta noche al programa, y Carmen no para de un lado para otro con la carpeta de los datos de las llamadas que decidirán cuál de los tres niños se llevará los trescientos mil euros a casa.

En la primera pausa para la publicidad llamo a casa para saber de mis niños y Sornitsa me informa de que ya están los dos dormidos, que se han portado bien, que Pablo se ha comido todo el pescado y que a Mateo no le dolía nada la herida y se ha ido a la cama muy contento. Me dan ganas de decirle a mi asistenta lo mucho que la quiero, pero se acaba la pausa y es el turno de Jonathan. Suena «Yo soy ésa»...

Ha sido espectacular. Todo el plató está en pie y los planos del abuelo llorando tienen tanta fuerza que mañana volvemos a batir récord de audiencia. Emilio también ha estado fantástico porque es un prodigio con el violín. Lo que pasa es que no sé yo si lo que ha tocado es muy del gusto del público que vota por teléfono. Elisa a mí no me ha hecho ninguna gracia, pero reconozco que mucha gente del público se ha reído bastante. El programa se completa con las actuaciones de los artistas invitados, recuento de llamadas, entrevistas con los familiares, conexiones con las ciudades, impresiones de los finalistas, muchísima publicidad y, por fin, el sobrecito con el veredicto.

Música de tensión, todo el plató en silencio, los tres niños cogidos de la mano y el presentador abre el sobre: «Los espectadores han decidido que el ganador de la primera edición de *Menudo Talento* sea: ¡¡¡Jonathaaaaannnn!!!». La música por todo lo alto, el público que aplaude en pie, los papelitos que caen del techo, el abuelo que llora, el padre que llora más, el niño que se abraza a los perdedores, yo que me emociono y lloro, «arriba» y «muy arriba» que se felicitan entre sí, Jaime da saltos al lado de Esther, las bailarinas siguen bailando en el fin de fiesta y el presentador que por fin se despide agradeciendo al maravilloso equipo que hay detrás de las cámaras y que ustedes no ven desde casa. «Sin ellos —concluye—, esto no hubiera sido posible».

Ya se está acabando este julio tan raro. Sigo sin contárselo a nadie, aunque ya no podré esperar demasiado. Creo que si nadie lo sabe es que no ha ocurrido y de esa manera sigo cada día viviendo con una aparente normalidad. Muchas veces se me olvida y ese rato vivo bien, pero cada vez que vuelve la realidad a mi mente me entra un miedo insuperable.

A Mateo le quitarán los puntos después de diez días con ellos en los que no ha podido ir a la piscina. Le he prometido que en cuanto salgamos del ambulatorio recogemos a Pablo y nos vamos los tres a pasar todo el día al parque acuático. En el restaurante nos vamos a pedir una pizza para comer y si quiere le voy a dejar beber Coca-Cola. Mateo necesita que le haga más caso y yo necesito que no esté enfadado conmigo. El reproche que ha repetido dos veces en los últimos días, ése de «mamá, es que nunca estás», me ha dejado herida y pensar que no lleva razón tampoco me libra de la pena. No está nada cariñoso conmigo y cada vez que me acerco para besarle me corresponde por compromiso, cuando lo que me gustaría es que se abalanzara sobre mí y me dijera que me quiere.

Me parece que Mateo ha sufrido estos meses más de lo que me he dado cuenta. Él adoraba a su tía María, hablaba por teléfono con ella casi a diario y cuando la veía ya no tenía ojos para nadie. Cantaban y bailaban canciones con el karaoke, jugaban a mil cosas, reían y hablaban. La manera en la que Mateo hablaba con mi hermana era lo que más me sorprendía. Parecía un niño mayor, que razonaba, que cedía, que comprendía. Mateo se sentaba con mi hermana en su sofá y se pasaban media hora hablando con una tranquilidad que mi hijo nunca ha logrado conmigo. A lo mejor es porque le sigo tratando como a un bebé y cada vez que el niño dice algo que a mí me parece extraordinario, le interrumpo y me pongo a darle besos sin ton ni son. «¡Ay, mi niño, qué listo es, que me lo como!». Así la conversación no fluye. Pablo, que todavía es muy pequeño, no es consciente de la muerte de María y es posible que se le olvide su cara antes de comprender que nunca volverá.

Los dos están de vacaciones y, hasta que yo las coja, han pasado las mañanas de esta segunda quincena repartiéndose en casa de las dos abuelas y las tardes con Sornitsa. Alguno de estos días Mateo se ha venido conmigo a la productora y me ha acompañado al estudio donde he tenido que fotografiar uniformes, material escolar y libros de texto para la campaña de vuelta al cole. Le he dejado tirar algunas fotos y algunas las ha hecho con mucha idea. Está claro que a Mateo le gusta la fotografía y estoy pensando en comprarle una cámara. Ahora mismo sería una de las cosas que más ilusión le haría y una buena forma de ganarme unos cuantos puntos frente a él.

La fiesta en Zielito debió de ser memorable. Esa noche se enrollaron, que se sepa, un operador de cámara con una guionista, uno de sonido con una auxiliar de producción, dos redactoras entre sí y Esther con Jaime. Era algo que se veía venir porque desde el día que los presenté es evidente que se gustaron. Yo misma provoqué lo que ha pasado invitando a Jaime a la fiesta de Zielito, sabiendo que esa noche mi mejor amiga y mi hermano nuevo la iban a acabar juntos. Si les va bien, yo debería alegrarme, pero ahora no me apetece nada que Esther y Jaime mantengan una relación. Está bien que se enrollen unas cuantas veces y después que lo dejen. Está claro que Jaime es un tipo fantástico, que cae bien a la gente y que todo el mundo quiere estar con él, pero hace sólo un par de meses que le conozco y está demasiado dentro de mi vida. Tiene más confianza con mi padre que yo, y ahora puede convertirse en el novio de mi mejor amiga. Es demasiado.

Lourdes se irá de vacaciones dentro de un par de semanas y yo tengo que aprovechar estas últimas sesiones para ver si dejo de tener el sueño que se me repite con María, ése en el que en mitad de nuestra risa ella desaparece. Ahora se ha convertido en una pesadilla porque las primeras veces me despertaba en el mismo momento en el que María desaparecía, pero los últimos días que lo he soñado no me he despertado y en el sueño me quedo sola en la habitación con un pánico que me deja paralizada, sin poder gritar porque la voz no me sale y con la certeza de que algo terrible va a ocurrirme. Yo no quiero que ese sueño vuelva a repetirse, aunque Lourdes dice que es un avance muy importante que no me despierte nada más desaparecer María porque es bueno sentir el miedo que me da su ausencia. Los psicoanalistas tienen la manía de complicarlo todo.

—¡Me hace tanta ilusión estar saliendo con alguien!

—Será que te hace ilusión estar saliendo con Miguel.

—Claro, eso he dicho.

—Has dicho con alguien, no con Miguel.

—Miguel es alguien, ¿no?

—Miguel es Miguel.

Mi novio se pasó toda la fiesta de Zielito mandándome mensajes para decirme lo mucho que me echaba de menos. Se fue pronto, apenas si se tomó un par de copas para cumplir con el equipo y se fue a su casa. Me gustó que se aburriera sin mí. Estos días nos hemos visto menos porque yo he estado más pendiente de los niños, pero el sábado, que no tengo boda y que los niños se van con Luisma al zoo, mi novio y yo nos vamos a ir de compras a ver si le doy otro aire a su forma de vestir.

Nunca me ha gustado abrir el correo. Me da mucha pereza y cuando tengo que ponerme a ordenar las cartas del banco, de la compañía de la luz, del agua, del gas, estoy de mal humor toda la tarde. Tengo la evidencia de los gastos que tenemos y de los que no deberíamos tener. Sin embargo, lo peor no es abrir ese montón de cartas que se acumulan semana tras semana, sino abrir cualquier carta que llega a casa certificada. Me da pánico. Nunca me ha llegado un certificado con buenas noticias, siempre han sido multas de tráfico o esas cartas que manda el ayuntamiento en las que no entiendes nada, salvo que tienes que pagar ciento y pico euros por no sé qué impuesto, más veinte de intereses por demora. Nunca lo entiendo, pero una vez al año me vuelan del banco doscientos euros y yo nunca he sabido por qué. El cartero acaba de llamar al telefonillo y sube con un certificado. Será otra vez del ayuntamiento, porque últimamente cumplo todas las normas de tráfico.

—¿Doña Clara García Sanz?

—Sí. Soy yo.

—Firme aquí. Es un certificado del Juzgado número 3.

—¿Seguro que no es del ayuntamiento?

Es un sobre grande del juzgado que me da miedo abrir. Lo hago en la mesa de la cocina mientras Sornitsa pone el lavavajillas. El documento tiene un montón de hojas, pero todo se resume en un parrafito breve que hay en la primera. Es la ejecución del embargo de mi casa por el impago reiterado del préstamo que pidió Luisma.

Esther me llama para contarme que Jaime y ella están pensando en irse a Londres cuatro días. Yo la escucho con desgana con el sobre del juzgado en mi mano. Además, ella tampoco le presta mucha atención a mi relación con

Miguel, así que no puede pretender ahora que yo le haga una fiesta. Mientras hablo con ella, también aparece en la pantalla la llamada en espera de Jaime, que no me apetece contestar, pero que me sirve como excusa para colgar a Esther.

—¿Sí?

—Hola, soy Jaime.

—Ya lo sé.

—Te quería contar que Esther y yo nos vamos a ir a Londres cuatro días.

—Ya lo sabía.

—Joder, si lo hemos decidido hace diez minutos.

—También lo sé.

—¿Te pasa algo?

—Estoy bastante fastidiada porque esta mañana me ha llegado una carta del...

—Clara, perdona, es que me está entrando otra llamada. Ahora cuando cuelgue te llamo.

Necesito una ducha y necesito ir a ver a mi madre. Quiero que me acurruque y contarle que tengo mucho miedo; pedirle que me ayude, que no sé lo que hacer con la deuda. Y mucho menos con lo otro. A lo mejor se lo cuento hoy. De repente, me he vuelto pequeña. Es la primera vez que tengo ese sentimiento desde que murió María. Me pasa cuando necesito una caricia y la única que puede dármela es mi madre. Me gustaría tener cinco años, llegar a casa llorando con miedo y escuchar a mi madre diciéndome que no me preocupe, que a mí no puede pasarme nada mientras ella esté. Como yo ya no tengo cinco años, encuentro a mi madre en el móvil y me dice que ya hablaremos con más calma, que ahora está tomando una cerveza con José, el relojero, en una terraza del parque del Retiro.

—¿Diga?

—¡Hombre, papá, menos mal que tú sí que estás!

—¿Qué pasa?

—Pues no sé, que quería hablar con alguien.

—¿Ha pasado algo?

—No, bueno, es que me ha llegado la notificación del...

—¡Ay, cariño!, espera un momento que me está entrando una llamada dc Jaimc. Ahora mismo tc llamo.

—¿Papá?, ¿papá?

Apago el móvil y le digo a Sornitsa que se ocupe de los niños cuando lleguen que yo me voy a meter un rato en la bañera. Me gustaría tener una grande como las de las películas, donde cada vez que a la protagonista le pasa algo se sumerge en una bañera de espuma que la cubre enterita a olvidar sus problemas. Mi baño tiene una cortina de plástico de Mickey Mouse besando a Minnie y los botes de gel y champú colocados en una repisa de plástico que ya le dije a Luisma en su día que colocara más arriba porque siempre que me baño me pego con ella en la cabeza. De todas formas, aquí no se está mal. Es agua calentita y espuma, así que no hay tanta diferencia con la de las películas. Me pongo los cascos e intento por un rato olvidarme de todo.

—¡Mamá, mamá! —entra gritando en el baño Mateo.

Otra diferencia de mi baño con el de las películas es que en el mío el pestillo no funciona.

—¡Dime, cariño!

—¡Mira lo que me ha comprado papá!

Mateo me enseña la maravillosa cámara de fotos que le ha comprado su maravilloso padre al que a partir de ahora adorará todavía más. La misma cámara que yo pensaba comprarle mañana. Estoy a punto de estropearlo todo aún más con mi hijo. Lo sé, sé que me voy a arrepentir, pero no me puedo contener.

—Lo siento mucho, cariño, pero papá tendrá que devolver la cámara.

—¿Por qué?

—Porque no tenemos dinero para pagarla.

—Papá sí que tiene.

—¿Papá? Papá no tiene dónde caerse muerto.

Mateo se ha marchado llorando del baño y ha tirado la cámara al suelo del pasillo. Yo suspiro dentro de la bañera y me dan ganas de ahogarme a mí misma. No será porque no me lo merezco. Oigo llorar a Mateo y yo lloro también. Cuando salgo de la bañera, me golpeo en la cabeza con la repisa del gel y del champú y maldigo el día que conocí a Luisma. Es una manera de compartir con él el desprecio que en este instante siento hacia mí por haberle hecho eso a Mateo.

El miedo a lo que me pasa me está poniendo muy nerviosa. Lo malo es que lo están pagando los niños y eso me deja mal. Me siento culpable por lo que me ha pasado y tengo una horrible sensación de que todo lo estoy haciendo mal. Ayer llamé a Luisma para que se llevara a los niños al zoo, porque sé que Mateo lo estaba deseando. No me he apuntado el tanto de decirle que la idea había sido mía, así que Luisma se ha llevado todos los méritos de la excursión.

Pablo estaba contentísimo porque iba a ver los delfines y Mateo se ha abalanzado sobre su padre al verle con la única intención de darme celos. Ha repetido cinco veces «cuánto te quiero, papi» en los cinco minutos que Luisma ha estado en casa para recogerlos. He despedido a los tres en la puerta y me he quedado sola hasta que mañana vaya a recoger a los niños a casa de mi suegra.

Esta tarde he quedado con Miguel para ir de compras, pero todavía es pronto para arreglarme. Me gustaría quedarme en casa toda la tarde viendo películas y sin hacer nada, pero tengo que salir porque me vendrá bien. Puede ser divertido ayudar a Miguel en su cambio de imagen. Sólo hace falta que se deje.

Miguel ya no es mi compañero de trabajo desde que terminó *Menudo Talento*. Se marcha a la competencia para realizar un docushow, periodismo de calle en el que llevará la cámara al hombro buscando prostitutas, traficantes y estafadores de todo tipo. Yo creo que finalmente voy a trabajar en un nuevo programa diario en el que se analizará la actualidad con humor. Quieren que empecemos a prepararlo la próxima semana para emitir en septiembre. El programa también lo va a dirigir Roberto, aunque de jefa de producción no va a estar Carmen. El lunes me contarán más cosas, entre otras, que me he quedado definitivamente sin vacaciones.

Miguel y yo nos hemos ido a un centro comercial de outlet, donde se pueden comprar marcas a mejor precio. Qué bueno tener un novio que te diga lo guapa que estás cuando sales del probador y que no proteste porque tardas en elegir entre los doce vestidos que has decidido probarte. Al final, he elegido dos de corte imperio que me van a venir muy bien. Ahora es el momento de que Miguel comience a comprarse su ropa. Me ha dicho que necesita un par de camisas de manga corta y unos pantalones fresquitos para el verano. Miguel hablando de ropa es una madre.

—¿Sabes que Carmen y Roberto han roto?

—¿Cuándo?

—Ayer. Me ha llamado Roberto para contármelo.

—¡Qué cabrón! Si es que se veía venir.

—Pero si le ha dejado ella.

—Algo habrá hecho para que Carmen tome esa decisión.

—¿Te gusta esta camisa?

—¿No tienes ya muchas de cuadros?

—Es que me gustan.

—Mira qué pasada de vaqueros.

—¿Hablas en serio?

—Son preciosos.

—Pero si están rotos.

Me cuesta mucho, pero después de dos horas mirando tiendas he logrado que Miguel se compre un par de camisetas, un pantalón vaquero que se deberá abrochar por debajo del ombligo y unas zapatillas negras italianas que había visto yo en algún especial *Vogue* de hombre que son una pasada.

—Voy a parecer otro.

—Así me encantas.

Miguel es incapaz de comprender cómo por una simple camiseta se puede pagar el doble de dinero que por sus camisas de siempre, que esas zapatillas cuesten más que cuatro pares de sus zapatos y que los vaqueros medio rotos valgan más que un traje. Está indignado, pero con tal de complacerme se ha puesto todo lo que se ha comprado para la cena de esta noche. Me lo he pasado bien de compras. Ha sido un acierto salir y no quedarme en casa comiéndome la cabeza por lo del embargo, por el enfado de Mateo y por lo mío. Hoy no vamos a ir al japonés del centro, sino a comer marisco a uno nuevo que han abierto y que, al parecer, está muy bien de precio. Mientras tomamos unas cañas antes de ir para allá me llama Esther desde Londres.

—¡Hello, Clara!

—¿Qué tal por ahí?

—Lloviendo, como siempre.

—¿Y Jaime?

—Aquí lo tengo a mi lado.

—¿Qué hacéis?

—Estamos descansando de sexo, que al final se me va a escocer.

—¡Pero qué bestia eres!

—¿Y tú qué tal?

—Estoy tomando unas cañas con Miguel.

—¿Sabes que Carmen ha dejado a Roberto?

—Sí. Me lo acaba de contar Miguel.

—A mí me ha llamado ella, pero no me ha dado muchos detalles. Ya nos contará el lunes.

—Vale, cuídate, y un beso a Jaime.

—¡Adiós, cuñada!

—¡Vete al carajo!

Miguel, que ha escuchado mi conversación, me pregunta si Esther tiene algo contra él. Dice que parece que no le gusta que estemos saliendo. Lleva razón, aunque yo no se la dé. Disculpo a mi amiga porque tiene la cabeza loca y desvío la conversación hacia Jaime, mi embargo y nuestros nuevos trabajos.

El restaurante está muy bien y no tiene ese aire decadente que suelen tener las marisquerías. Éste tiene decoración moderna, hay poca luz y no hay demasiado ruido, como en casi todas las marisquerías. La pecera donde centollos y nécoras ignoran que morirán si son elegidas es redonda y enorme, está en el centro del restaurante y en torno a ella se sitúan las mesas, todas de pizarra gris. Este restaurante no debe de estar tan bien de precio como nos habían dicho, pero ya que estamos aquí habrá que disfrutarlo. El marisco es afrodisíaco y Miguel está mucho mejor vestido así. Yo sigo encontrándome fenomenal, así que esta noche va a ser mejor aún que la última que pasamos en el hotel.

—Podías dejarte el pelo un poco más largo.

—¿Tú crees?

—Y no afeitarte todos los días.

—¿Te gusto sin afeitar?

—Mucho más.

La conversación sube de tono cuando recordamos la manera de bebernos el champán en nuestra última cita.

—Estabas muy activa.

—Decidí tomar la iniciativa porque si no...

—¿Si no qué?

—Es mejor decirte lo que me gusta, ¿no?

—Claro, mucho mejor.

Me encanta tener novio. Yo estoy mejor cuando tengo a alguien cerca con el que compartir lo que me pasa. Aunque lo que me pasa ahora no lo puedo compartir. Con Miguel tengo a alguien para que me coja de la mano, una persona que me escucha cuando lloro porque mi hijo está enfadado conmigo y alguien con el que irme a la cama los sábados por la noche, que es el día más triste para dormir sola. Me da miedo quedarme así para siempre. Parece que las mujeres, cuando a determinada edad no tenemos pareja, es porque algo no hemos hecho bien, alguna tara tendremos de fábrica, no estaremos bien terminadas. Es un pensamiento odioso, pero del que no me puedo desprender. Admiro a las mujeres que son capaces de superarlo, de vivir seguras sin nadie. Mujeres que son capaces, incluso, de ir al cine solas. Mujeres que no tienen necesidad de programar las vacaciones con alguien, de que alguien te diga que hoy estás muy guapa, o de que al menos te acompañe al súper. Me gustan, pero yo no soy de ésas. Yo tengo a alguien que ahora mismo está desnudo encima de mí terminándome de comer un pecho y a punto de comerme el otro. No puedo evitarlo, pero me está haciendo cosquillas.

—¿Por qué te ríes?

—No te preocupes. Sigue, sigue.

Miguel baja al ombligo y por mucho que intento evitarlo, se me escapa una carcajada.

—Perdona, no sé lo que me pasa. Sigue, sigue.

Miguel continúa hacia abajo y al llegar me entra un ataque de risa sonora que no puedo contener. Miguel se levanta y se pone los calzoncillos. Yo me cubro con la sábana. No dice nada, pero me parece que está muy enfadado.

—Lo siento, es que me hacías cosquillas.

—Clara, ¿yo te gusto?

—¿Por qué me preguntas eso?

—Contéstame.

—Claro que me gustas. Estamos saliendo.

—No te gusta mi pelo corto, no te gusta que me afeite, no te gusta mi ropa y no te gusta cómo te hago el amor.

—¡Dios, qué frase! ¡No te gusta cómo te hago el amor!

—¿Qué le pasa a esa frase?

—Es lo más cursi que he escuchado en años.

—Clara, te ruego que te marches.

—Venga, cariño, no seas tonto. Vamos a olvidarlo ya.

Miguel está muy enfadado. Se ha tomado fatal que le haya dicho que su frase es cursi. Salgo de dentro de la sábana y me voy en su busca completamente desnuda para abrazarle y solucionar esta pequeña crisis.

—Miguel, tú me gustas mucho.

—Y tú a mí, Clara. Por eso no te estoy diciendo todo el día que te deberías poner a régimen.

—¿Cómo dices?

—Que eres preciosa aunque te sobren cinco o seis kilos.

Esa frase es una puñalada trapera en todos los casos, pero cuando estás delante de un hombre completamente desnuda es la peor humillación. Intento buscar mi ropa para cubrirme y salir de allí lo antes posible mientras escucho a Miguel decir que no entiende nada. Me escondo en el baño y mientras me visto no sé si lo que está sucediendo entre Miguel y yo es una bronca o una ruptura. No estoy segura, pero lo que tengo claro es que me marcho de aquí ahora mismo.

El nuevo programa en el que voy a trabajar se llama *Efecto Martínez*. El título es una ocurrencia de «arriba» que nos ha dejado a todos perplejos. Lo de Martínez es por el apellido de la presentadora, Nuria Martínez, pero lo de «Efecto» es una indefinición muy grande. Roberto, que lo va a dirigir, se ha peleado hasta el final por cambiarle el nombre, pero ha sido inútil. El argumento es que *Efecto Martínez* gusta muchísimo «arriba», así que no hay más que hablar.

Estos días necesito estar sola para ver cómo soluciono todo, así que le he pedido a Luisma que se lleve a los niños al pueblo de sus padres hasta que yo pueda coger vacaciones. Los niños van a estar encantados y yo estaré más relajada. Además, iré a verles todos los fines de semana, todos los sábados y los domingos, porque con la autovía me planto allí en hora y media.

Esther está fastidiada, porque dice que ahora que ella quiere irse, la productora va a hacer un programa en el que le apetece trabajar. Roberto insiste en que se quede, que seguro que lo va a poder compaginar con la novela que sigue escribiendo. Si Roberto quiere convencerla, tendrá que hacerlo atacando al ego desmedido que tiene Esther como creadora. «Quédate porque necesitamos a gente que escriba como tú y no hay». Si ataca por ahí, la tiene en el bote.

Jaime y Esther están enganchadísimos. Mi amiga me reconoce que está como una colegiala y Jaime no para de hablar de ella cada vez que me llama. Lo de estos dos ha sido un flechazo auténtico que les ha llevado a hacer un montón de tonterías. Esther durmió la pasada semana dos noches en Barcelona y Jaime otras dos en Madrid. Se están gastando más de lo que tienen en el puente aéreo para verse sin perder días de trabajo. Y eso que venían de estar juntos en Londres. Es una locura.

Lo que pasó entre Miguel y yo finalmente fue una bronca y no una ruptura. Lo hemos vuelto a intentar porque creo que merece la pena. Me gustaría que siguiera trabajando aquí para tomar juntos café cada mañana y que me dijera lo guapa que estoy. Al día siguiente de la bronca me pidió perdón por lo que me dijo de los kilos de más y yo también me disculpé con él, aunque no sé muy bien por qué. Que me riera si me hacía cosquillas no era motivo para ponerse así, pero como él se disculpó, me pareció mal no hacerlo yo también.

A otra a la que voy a echar de menos en el trabajo es a Carmen, que se ha ido a preparar el capítulo piloto de una serie nueva de abogados. No me ha dado muchos detalles de por qué dejó a Roberto, sólo me dijo que era un estrés salir con alguien que está tan bueno, que prefería uno más normal. «Nena —decía riendo—, era agotador estar todo el día metiendo tripa».

Me ha llamado mi padre para quedar. La casa de María tiene comprador y Carlos nos ha dicho que vayamos para recoger lo que queramos. Además, el apartamento de la playa lo quiere una empresa de alquiler que ha hecho una oferta para comprarlo. Hace mucho tiempo que no hablo con mi padre y me apetece ir a verle. Le echo de menos porque en los últimos meses hemos discutido más que en los últimos veinte años.

Mi padre nunca nos regañaba cuando éramos pequeñas. Ni cuando todavía estaba en casa, ni después, cuando pasábamos los fines de semana con él en casa de los abuelos. Nunca gritaba porque todo lo intentaba razonar y mi hermana y yo le tomábamos un poco el pelo. Cada vez que nos portábamos mal nos sentaba a las dos en el sofá y se ponía a hablar durante largo rato sobre nuestro «comportamiento inadecuado». Casi siempre María y yo acabábamos muertas de risa en medio de lo que mi padre creía una «gran bronca». Ésas eran las de mi madre, que tenían todos los tópicos de las grandes broncas de las madres, con su gran hit: «Un día me voy y no me veis más». Recordándolo ahora, mi hermana y yo casi siempre nos portábamos mal de manera conjunta.

Mi padre está mayor. Lo normal para un hombre de sesenta y cinco, pero mucho para ser mi padre. Los niños siempre vemos a nuestros padres muy mayores hasta que son mayores de verdad y entonces no queremos que lo sean. Después de cumplir los sesenta se le notó un bajón, pero lo de la muerte de María le ha puesto diez años encima. Está en su casa con una camiseta interior de tirantes y en pantalón corto y chanclas bebiendo un refresco de limón sentado al lado del balcón que alumbra su saloncito. La casa de mi padre está en pleno centro y no tendrá más de treinta metros. Por eso cuando se quedaba con nosotras nos íbamos a casa de los abuelos. Nos besamos, protestamos por el calor y me dice el último libro que está leyendo. Mi padre es un gran lector; yo en eso he salido a mi madre. Me cuenta que lo de la herencia de María está casi solucionado y me dice que mi madre y él han decidido abrir una cartilla a nombre de los niños y ayudarme con la deuda de Luisma. No me gusta coger ese dinero, pero no veo otra solución. Es un golpe a mi orgullo que mi hermana tenga que salvarme, y a su ego estar muerta para no verlo.

Mis padres dispondrán pronto del dinero, así que lo único que tengo que hacer es intentar que se retrase la ejecución del embargo. Le pregunto cómo se hace eso, si tengo que ir al juzgado o al banco. Me abruma tener que solucionar problemas que no entiendo. La conversación es interrumpida por el ruido de la puerta de la calle, que como consecuencia de las dimensiones del piso está dentro del salón.

—¡Hola, Maite! Pasa, que te presento.

Me pongo roja y ella también. Maite llega con dos bolsas del supermercado y ha abierto con su propia llave. Está de pie frente a mí, que me he levantado junto a mi padre.

—Maite, ésta es mi hija Clara. Clara, ésta es Maite.

—Encantada —me dice intentando besarme.

—Igualmente —respondo tendiéndole la mano.

Mi padre intenta romper la tensión que acabo de provocar con mi gesto.

—Venga, sentaos. ¿Qué queréis tomar?

—Yo ya me iba —interrumpo.

—¡Quédate, por favor! —me pide ella.

Maite es una señora muy guapa. No parecía que lo fuera tanto en la foto. Tendrá más de sesenta, pero es evidente que de joven tuvo que ser un bellezón. Todavía lo es más de lo que me gustaría.

—Es que tengo prisa —digo mientras me cuelgo el bolso.

—¡Clara, quédate, joder! —dice mi padre entre súplica y orden.

—Tenía muchas ganas de conocerte —añade Maite dulcemente.

—Yo no tantas.

—Podías ser un poco más simpática, ¿no? —se enfada mi padre.

—No sé por qué —le discuto.

—Te ves con Jaime, ¿verdad? —continúa Maite, que sigue dulce.

—Sí, le veo.

—Además, ahora sale con tu mejor amiga.

—Yo no le llamaría a eso salir, señora.

—Puedes llamarme Maite.

—Ya, pero no quiero. Prefiero señora.

Mi padre salta de su butaca y me dice que es mejor que me marche. No entiende mi actitud. A mí la verdad es que también me sorprende, porque nunca se me ha dado bien ser borde. Era una de las cosas que según Lourdes tenía que mejorar.

—Así que me echas por esta señora —me sale de repente.

—Clara, hija, no te entiendo —me dice mi padre con tono de derrota.

—Pues muy bien. Se va tu hija para que se quede ella.

—Eres una niña malcriada —escucho de mi padre al tiempo que cierro de un portazo.

Con Lourdes se me acumula el trabajo y sólo me queda una sesión antes de que se vaya de vacaciones un mes entero. Me da miedo que se vaya y más ahora. Estoy un poco harta de hablar del sueño de María, que se repite cada vez más, pero que no me lleva a ninguna parte. La única conclusión que me ha aportado el sueño en mi terapia es que me duele mucho la muerte de mi hermana y que me da miedo estar sin ella. Eso ya lo sé yo sin terapia. Además, hay cosas que en este momento me dan mucho más miedo.

—Lourdes, hoy no quiero hablar del sueño.

—¿Prefieres pensar que no existe?

—Hoy, sí.

—Igual que la muerte de María, o la relación de Jaime y Esther, o la de tu padre con Maite, tus problemas con Miguel, con Luisma, los enfados de Mateo... ¿Sigo?

—No, por favor.

—Pues ésas son cosas que están pasando y tienes que enfrentarte a ellas.

—No sé cómo hacerlo.

—Podías conocer a Maite, pensar si Miguel te gusta de verdad, si tienes celos de Luisma con los niños, si sigues enamorada de Roberto, si te dan envidia Esther y Jaime, si estás enfadada con María...

—Por favor, Lourdes, ¿puedes parar?

—Clara, ¿estás llorando?

—Sí.

—¿Por qué te pones así?

—Porque estoy embarazada.

He llamado a Roberto para decirle que esta mañana no voy a ir a trabajar, pero me ha dicho que esta tarde no falte, que me tiene que dar una sorpresa. ¿Una sorpresa? Sabrá él lo que es una sorpresa. No le he dicho que esta tarde tampoco podré ir porque he quedado con don Gonzalo. Es una suerte que todavía no se haya ido de vacaciones y en cuanto le he dicho que era urgente me ha hecho un hueco a las cuatro.

Don Gonzalo es mi ginecólogo de toda la vida, desde que me llevó mi madre por primera vez cuando tenía catorce años. Él era también el ginecólogo de mi madre y de María. Después de aquella primera revisión volví a los tres años y al mirarme me preguntó delante de mi madre la frecuencia de mis relaciones sexuales. Yo me puse como un tomate y mi madre fingió escandalizarse, aunque en realidad ella tenía muy claro que Luisma y yo ocupábamos con cierta frecuencia el asiento trasero del Citroën AX rojo de mi novio.

Tengo que cuidarme y una buena forma de empezar a hacerlo es asumiéndolo. Debería haber venido desde el día que lo sé, pero todavía tenía la esperanza de que se produjera un milagro.

Don Gonzalo está mirando la pantallita en la que aparece mi interior en blanco y negro y me pregunta por las fechas de mi última menstruación, que, por cierto, es una palabra que me parece espantosa. La verdad es que no me acuerdo, pero ahora ya da igual. Mi ginecólogo mide en la pantallita y me informa que estoy embarazada de más o menos quince semanas. Es imposible precisar con más exactitud, pero me debí de quedar a mediados de abril. Tumbada en la camilla, con mis piernas abiertas apoyadas en el potro y delante de mi médico y su ayudante, me pongo a llorar sin consuelo. Me dejan sola para que me vista y don Gonzalo me espera en la consulta para recetarme no sé cuántas vitaminas. Salgo de la consulta, otra vez con ganas de llorar y con más miedo aún del que entré. Tengo que asumir definitivamente que estoy embarazada y además...

Cuando enciendo el móvil tengo catorce llamadas perdidas de mi madre, de mi padre, de Roberto, de Miguel, de Esther, de Luisma, de Sornitsa, de yo qué sé cuánta gente. Da igual lo que quieran. Nada tiene importancia, nada puede tenerla ahora. Para mí estar embarazada no es una mala noticia, es un drama.

Mediados de abril, desde esa fecha estoy embarazada. Le doy vueltas a la cabeza una y otra vez y es imposible precisar la fecha.

La gente ha salido en desbandada de la ciudad nada más comenzar agosto y la ciudad está casi desierta. El calor abrasa tanto que casi duele. Seguro que va a haber tormenta. En casa puedo estar sola porque los niños siguen en el pueblo con Luisma y mis suegros. Lo mejor será ir allí porque no me apetece hablar con nadie. Me gustaría desaparecer, a lo mejor tengo suerte y me derrito con este calor. No puedo parar de llorar y si pudiera sería peor, porque volvería el miedo. No puedo mantener al niño, no tengo tiempo para ocuparme de él, tampoco tengo fuerzas para hacerlo.

Cuando llego a casa Sornitsa todavía sigue allí. Iba a seguir trabajando un par de semanas más hasta que yo cogiera las vacaciones y pudiera irme con los niños a la playa. Ésos eran los planes, aunque ahora ya no sé lo que va a pasar. *Efecto Martínez* arranca la próxima semana en emisión diaria y después de todos estos días manejándolo, a todos nos empieza a gustar el título. Esther se ha quedado definitivamente en la productora y lo compaginará con el libro que sigue escribiendo.

—¡Clarra, vaya carra!

—No me encuentro bien, Sornitsa.

—Ser normal.

—¡Si tú supieras!

—Yo saber muchas cosas.

—Me voy a mi habitación a descansar.

Antes de terminar de decir la frase llaman a la puerta. Sornitsa abre y es mi madre, que entra con mucho brío.

—¿Dónde están mis niños?

—Estar en el pueblo con su padre, señorra.

—¡Es verdad! ¿Y Clara?

Mi madre se abre paso por el pasillo delante de Sornitsa sin escuchar su respuesta. Me encuentra al entrar al salón.

—Es que no me acordaba de que...

Ella misma se interrumpe al verme.

—¿Clara, hija, qué te pasa?

—¿A mí? A mí, nada.

—Te conozco: tú has llorado.

Vuelve a sonar el timbre y Sornitsa abre mientras le digo a mi madre que se me ha metido una cosa en el ojo.

—¡Hola, Sorni, cariño!

—¡Hola, Esther!

—¿Está Clara?

—Estar en salón.

Esther nos encuentra a mi madre y a mí sentadas en el sofá. ¡Y yo que lo quería era estar sola!

—Hola, Esther, hija, pasa.

—Si no es buen momento, ya vengo luego.

—No te vayas. A ver si nos cuenta esta niña qué es lo que tiene.

Estoy sentada en el centro del sofá y mi madre, Esther y Sornitsa me rodean esperando que diga algo. Antes de hablar, otra vez me pongo a llorar.

—¿Qué pasa? —dice Esther con tono preocupado.

—¿Tienes algo, hija mía? —pregunta mi madre.

—¡Tiene, tiene! —comenta Sornitsa.

Las dos vuelven la cara hacia mi asistenta, que mete la cabeza entre los hombros. Mi madre se dirige a Sornitsa con escasa paciencia.

—¿Qué coño pasa?

—Que se lo diga ella —dice mi asistenta pidiendo auxilio.

—¡Estoy embarazada! —sale mi voz entre sollozos.

—¡Por fin lo soltó! —se alivia Sornitsa, que es evidente que lo sabía.

—¡Joder! —exclama Esther.

—¡Virgen María! —se altera mi madre.

Las tres se callan y yo sigo haciendo ruido con el soponcio incontrolable que tengo. Esther es la primera que se atreve a desdramatizar.

—Si va a ser verdad que los niños traen un pan debajo del brazo.

—¿Y eso? —se interesa mi madre.

—Yo venía a contarte que eres la nueva jefa de producción del programa. Te han ascendido.

—¡Anda, mira! —dice mi madre intentando animar.

—Te hemos llamado un montón de veces para contártelo, pero no lo cogías.

Esa noticia me hubiera hecho dar saltos de alegría en cualquier otra situación, pero ahora...

—¿Qué hago?

—Hija, no sé. De todo se sale.

—Es que no puedo tenerlo.

—Eso es lo que piensas ahora, pero luego no es para tanto.

—Es que hay otra cosa...

—¿Son gemelos? —dice Esther haciendo de guionista.

—¡Cállate, Esther! —refunfuña mi madre, a la que no le ha hecho gracia el chiste.

Yo me pongo a llorar otra vez como una niña de cinco años. Sornitsa intenta romper el hielo ofreciéndose a hacer un café, pero nadie le hace caso. Mi madre, Esther y mi asistenta están a la espera de descubrir exactamente qué más hay que saber. No puedo demorar más la espera. Lo suelto y que pase lo que tenga que pasar.

—¡No sé quién es el padre!

Necesito a Lourdes y aún falta mucho para que vuelva. También echo de menos a los niños y estoy deseando que llegue el viernes para ir a verlos. Se me hace largo estar toda la semana sin ellos. Menos mal que con mi nuevo puesto no tengo demasiado tiempo para pensar. El trabajo me está ayudando a afrontar tanto cambio con cierto optimismo. Ya llevo una semana como jefa de producción y creo que no lo estoy haciendo nada mal. Me gusta y como tengo tanto trabajo, ha habido ratos que hasta se me ha olvidado que estoy embarazada.

Efecto Martínez tiene una pinta fantástica. Los vídeos que he visto montados son increíbles y los guiones de todos los pilotos que hemos hecho tienen muchísima gracia. Lo único que puede ser un problema es la presentadora, Nuria Martínez, que me parece que su imagen no tiene nada que ver con un programa de humor. Es muy guapa, pero a mí me parece un poco sosa. Lo de Nuria está claro que es una imposición de la cadena.

Aquí ya lo sabe todo el mundo. Aquí y en todas partes. Mi madre se lo contó a mi padre, que se lo contó a Maite, que se lo contó a Jaime, que ya lo sabía porque se lo había contado Esther, que además se lo contó a Carmen, que se lo contó a Roberto, que se lo contó a Miguel, que ya lo sabía porque se lo había contado yo.

Voy a tener al niño. Y he decidido tenerlo sola. No puedo hacerlo de otra manera porque no sé si el padre es Miguel o es Luisma. No le contaré la verdad a ninguno para no engañar a los dos.

Me da mucho miedo tenerlo, pero mucho más no tenerlo. Hay veces que he tenido la tentación de ir a una clínica y acabar con el problema. Hasta llamé por teléfono para saber cómo se hacía. Cuesta cuatrocientos cincuenta euros y la intervención dura entre cinco y ocho minutos. A las dos horas te vas a casa y a seguir con tu vida. Dicen que abortar es un acto de cobardía. No lo creo. A mí abortar es lo que de verdad me da miedo. Miedo por mí, de mi conciencia, por mi salud, de un futuro en el que ese recuerdo me destroce. Es mayor el miedo a ese miedo que el miedo a no poder.

Miguel me ha dejado. Dice que de momento no lo puede soportar. Le dije que estaba embarazada y que Luisma es el padre. No le di detalles, simplemente le expliqué que mi ex y yo habíamos tenido algunos encuentros y que de ésos nacerá nuestro tercer hijo. Miguel aguantó el tipo mientras se lo contaba y yo me sentí despreciable al ver sus esfuerzos por no llorar. Creo que jamás se me olvidará el beso que me dio antes de desaparecer de la cafetería en la que hablábamos. Me sonó al último beso, el que me regalaba sin merecerlo. Como una limosna. Al oído, con la voz entrecortada un instante antes de marcharse, se despidió diciendo «¡qué pena!» en vez de adiós.

Luisma es el único que todavía no se ha enterado porque sigue en el pueblo con los niños en casa de mis suegros. El próximo fin de semana me armaré de valor y se lo contaré a él y a los niños. Ellos son lo único bueno de mi embarazo. Estoy segura de que se van a alegrar de tener un nuevo hermanito. Aunque también se hubieran alegrado si les regalo una videoconsola, así que tampoco eso es un consuelo.

Tengo una reunión con los responsables de la cadena en la que se emite a partir del próximo lunes *Efecto Martínez*. Es la primera que tengo en mi vida con gente a la que podemos denominar «arriba» y además es en las instalaciones de la cadena y no en la productora. La sala de juntas tiene una mesa alargada en la que me siento junto a ellos. Estoy muy nerviosa. No debería estar aquí, no me corresponde. Seguro que van a descubrir que no valgo para este puesto. Por parte de la productora estamos Roberto y yo, y por parte de la cadena un montón de gente: el director de programas, el subdirector de programas, el productor delegado del programa, el director de producción de la cadena, el subdirector de producción de la cadena y una chica que está al final de la mesa de juntas con un cuaderno y que no sé quién es. Del resto conozco el cargo, pero de los nombres no me acuerdo en este momento.

Llevamos hablando diez minutos del calor que hace. Ni hablando del tiempo se me pasan los nervios y tengo pánico a hablar delante de esas personas. Me están sudando mucho las manos. O me relajo, o cuando me toque hablar no voy a ser capaz. El jefe de programas corta la conversación meteorológica y comienza a hablar sobre *Efecto Martínez* durante largo rato mientras el resto de la mesa escucha sin intervenir. Lleva diez minutos explicando cosas sobre el programa, aunque a mí me parece que no explica nada. Seguro que es culpa mía y no le entiendo porque estoy muy nerviosa. Es imposible que un hombre con tanta responsabilidad diga tantas obviedades en tan poco rato.

Algunas de las frases que está diciendo las he escuchado sistemáticamente en todos los programas en los que he trabajado desde que empecé en esto hace más de diez años. Son frases que cualquiera que se precie de saber algo de televisión ha de decir a todo el que se cruce en su camino. Una de ellas, quizá la más usada, es: «Falta guión»; otra muy frecuente también es: «El plató da muy bien por cámara»; y la última y más repetida en cualquier análisis televisivo es: «Al programa le falta ritmo». Si alguien coloca alguna de esas frases en cualquier conversación, puede considerarse por propio derecho un experto en tele. El jefe de programas ya ha metido las tres en su charla y va concluyendo esta reunión en la que nadie ha intervenido. Siento mucho alivio porque aquello acabe, aunque me da un poco de rabia haber pasado tantos nervios para que luego no haya hablado ni una sola palabra. El jefe de programas concluye la reunión dirigiéndose a Roberto y a mí con una frase tan inconcreta como el resto de su conversación: «Hay que mejorar mucho en algunos aspectos». A partir de ese momento todos vuelven a intervenir para hablar otra vez del calor que hace mientras abandonamos la sala de juntas. Vuelve cada uno a su sitio y Roberto y yo nos vamos a tomar algo antes de regresar a la productora.

—¿Esto es siempre así?

—La reunión previa al estreno sí.

—¿Y después?

—Depende de la audiencia. Si es buena, nos reunimos de nuevo para hablar de tópicos como que al programa le falta ritmo y que hay que mejorar el guión, pero no pasará nada.

—¿Y si es mala?

—Te obligan a echar a un par de guionistas y a sustituir a algunos colaboradores.

—¿Y si es muy mala?

—Entonces yo ya no iré a la reunión porque me echarán a mí antes de quitar el programa una semana después.

—Pues yo estaba muy nerviosa en la reunión.

—Lo que estabas era guapa.

—¿Cómo?

—Que estabas guapísima. Bueno, que lo estás.

Roberto me mira directamente a los ojos y yo no soy capaz de aguantar la mirada. Busco mi Coca-Cola intentando que no se note que mi cara está a punto de incendiarse.

—¡Clara, me muero por besarte!

He debido de oír mal. El chico que me vuelve loca me acaba de decir que quiere besarme. No sólo lo dice, sino que allí mismo en la barra del bar me agarra de la cintura y cumple su deseo. Me besa y me dejo besar, suave y despacio. Estoy tan sorprendida que casi no lo disfruto. Al separar nuestros labios me propone ir a su casa. Me explica que lo desea desde hace un montón de tiempo y yo no soy capaz de contestarle. No sé qué decir ni qué hacer. Su propuesta me deja fuera de sitio, hasta me enfada no tener ganas después de tanto tiempo imaginándolo. Pero no era así como yo lo quería. Son las doce de la mañana y acabamos de salir de una reunión. Así no se hacen las cosas.

—Mejor no.

—Pensé que te gustaba.

—Y me gustas. Pero...

—¿Es por el embarazo?

Según le escucho decirlo, me doy cuenta de que no me he acordado en toda la mañana de que estoy embarazada. La verdad es que me encuentro fenomenal, no he tenido ni un vómito y ya han pasado casi cuatro meses. De todas formas, el embarazo me viene bien como excusa.

—Sí. Es que no me encuentro muy bien.

Roberto entiende mi rechazo a su propuesta y me dice que hoy no vaya a trabajar. Lo mejor, me propone, es que vaya a casa a descansar. Así que cada uno nos disponemos a coger un taxi en una parada cercana a la cafetería. Hacia allí vamos caminando, pero yo no estoy a gusto. No hay ni cincuenta metros hasta la parada, pero no me gusta hacer lo que voy a hacer. No quiero huir a esconderme en mi casa cuando lo que quiero hacer es otra cosa.

—¡Roberto!

—¿Qué?

—No, nada.

—Mujer, no seas tímida. Dime.

—Que no es verdad que no me acueste contigo porque esté embarazada, ni porque me encuentre mal.

—¿No?

—No me acuesto contigo porque no me apetece.

María está sentada frente a mí en la habitación en la que dormíamos cuando éramos niñas. Otra vez el sueño. Nos miramos fijamente, nos acariciamos, estamos juntas. La música suena ahora más alta, más emocionante. Todo parece transcurrir a cámara lenta, hay una paz que lo inunda todo. Seguimos sin hablar porque si lo hacemos todo acabará bruscamente, como siempre, y yo me quedaré aterrada y sola en esta habitación. No seré yo quien hable para romper este instante. Me gustaría entrar en mi sueño para cambiarlo y voy a hacerlo. La música cada vez suena más fuerte y yo cada vez estoy más feliz. Me separo un poco de mi hermana y empiezo a bailar mientras me mira. Aquella minúscula habitación de niñas se convierte en el sueño en un grandioso escenario donde dedico mi baile a María. La música sigue sonando alta, instrumentos de cuerda, viento, percusión componen un sonido perfecto y yo bailo como si de mi cuerpo saliera aquella música maravillosa. Yo misma soy la música mientras mi hermana mira mi baile, mi regalo: la mejor forma de decirle te quiero sin hablar. Pero la música tiene que acabar, el baile tiene que parar, la habitación volverá a ser pequeña y yo me quedaré de nuevo sola. O no. Puedo cambiar las cosas con mi voluntad y voy a hacerlo. Hasta en el sueño. Según me muevo más despacio la música empieza a desaparecer, la habitación vuelve a su forma y María vuelve a estar frente a mí. Ella habla primero. Ya no nos interrumpimos.

—Gracias, Clara.

—Te echo de menos, María.

—No me dio tiempo a decirte cuánto te quiero.

—No quiero que te vuelvas a ir.

—Siempre estaré si no me olvidas.

—Si te olvido no estaré yo.

—Clara, no pares nunca de bailar.

—Te lo prometo.

María me besa y me acaricia un instante antes de que yo despierte tranquilamente, sin sobresaltos y sin miedo.

Voy conduciendo con la música a todo volumen por esta interminable recta y vuelvo a estar nerviosa. Llevo un CD de Umberto Tozzi y canto tan fuerte que a él ni se le oye por los altavoces. Cualquiera diría que estoy contenta. Voy voceando *Yo caminaré,* una canción que está de las primeras en mi lista de preferidas para cantar muy alto. Esas que sólo puedes poner cuando vas sola y en carretera, porque en los semáforos la gente te mira mal: «Resistiré», del Dúo Dinámico; «Te amaré», de Miguel Bosé, y «Ya no puedo más», de Camilo Sesto, son otras con las que me transformo dentro del coche.

Son las diez de la mañana, pero las calles del pueblo están casi desiertas. Es la semana de fiestas aquí, así que la gente debió de trasnochar y saldrá a la calle más tarde. En la puerta de casa de mis suegros están Mateo y Pablo persiguiendo una lagartija. Corren a besarme con tanta fuerza que casi me tiran al suelo. Mientras les abrazo me cuentan a la vez que ayer echaron una vaquilla por las calles y que después estuvieron en los coches de choque con papá.

—¡Hija mía, qué guapísima estás! —me dice mi suegra desde la puerta.

—¡Hola, Elisa!

Los niños me acompañan dentro de la casa, donde mi suegro está reparando un flexo rojo.

—Pasa, hija, ¿cómo estás?

—¡Hola, Luis Mariano!

—He preparado croquetas —dice mi suegra— y he hecho bastantes para que te lleves unas pocas.

—Gracias, pero...

—¿Has visto, Luis Mariano, lo guapa que está Clara?

—¡Como siempre!

—¿Dónde está Luisma? —pregunto.

—¡Durmiendo! —dice mi suegro un poco desesperado—. ¡Luis Marianoooo! —vocea a continuación.

—¡Este niño!

El niño de cuarenta años sale por el pasillo en calzoncillos y despeinado. Tarda un rato en decir: «¡Hola, Clara!, ¿cómo estás?» porque él mismo se interrumpe una y otra vez con sus bostezos. Mateo y Pablo vuelven a la calle a seguir persiguiendo a la pobre lagartija, mi suegro sigue con el flexo y mi suegra se va a preparar el desayuno a su hijo: «¡Mama, hazme picatostes!».

Me voy toda la mañana con los niños a los columpios que hay cerca de la plaza del Ayuntamiento hasta la hora de comer. Mateo está bien conmigo, se nota que a pesar de nuestros últimos enfados me echa de menos durante toda la semana. Eso me pone muy contenta. Antes de regresar a casa para comer nos sentamos los tres en un banco. Vuelvo a estar nerviosa.

—¿Os gustaría tener un hermanito?

—¡Sí! —se adelanta Pablo.

—¿Vamos a tener un hermanito? —se sorprende Mateo.

—Seguramente.

—¿Está ya en la tripa?

—Me tenéis que prometer que no vais a contar nada hasta que yo os lo diga, ¿vale? Será nuestro secreto.

Mateo y Pablo me dan su palabra. Los dos se alegran y, como yo esperaba, se toman la noticia con mucha naturalidad. Mateo está contento porque ya no será menos que su amigo Mario, que también va a tener un hermanito nuevo. Pablo sigue fascinado con que de la tripa de mamá vaya a salir un bebé: «Si se ahoga lo sacamos ya, ¿eh, mamá?». Ninguno de los dos ha hecho ningún comentario sobre quién es el padre. O no les interesa o suponen que será Luisma. Yo no pienso preguntar.

Elisa será muy pesada, pero la verdad es que las croquetas las hace como nadie. En la mesa hay un hule de cuadros amarillos y azules y muy poca luz. Las persianas están bajadas casi del todo para que no entre el calor. Tres o cuatro moscas van de las croquetas a la tortilla y de la tortilla a la ensalada. Todos admitimos su presencia sin poder hacer nada. Mi suegro pela una manzana con una navajita diminuta que saca del bolsillo, los niños no terminan de comerse la pera, mi suegra recoge las migas y Luisma decide que ha terminado de comer: «¡Mama, ponme un cafetito!».

—¡Podías ponértelo tú! —reprocho a mi ex.

—¡No te preocupes, hija, si a mí no me importa! —se adelanta mi suegra.

—No me gusta que des ese ejemplo delante de los niños —le vuelvo a reprochar.

—¿Qué ejemplo? Sólo he pedido un café.

—Y además no se dice mama, se dice mamá: con acento en la a.

—¡Habló la lista!

—Mamá tiene un bebé en la tripa —interviene Pablo.

Mi suegro levanta la mirada, que tenía fija en su manzana, Elisa para de recoger las migas, Luisma abre los ojos como un búho y los niños se meten cada uno de ellos un trozo de pera en la boca. Alguien debería decir algo para romper este silencio. Está claro que soy yo la que debería decir algo porque todos están como estatuas mirándome fijamente.

—¡Pues sí! —acierto a decir.

Las moscas van de aquí para allá a gran velocidad mientras todos están esperando a que continúe. Siguen a la espera de saber si lo que acabo de decir es una buena noticia o no. Luisma se decide a intervenir.

—¿Quién es el padre?

—Niños, ¿por qué no vais a la calle a jugar?

—¡Mamá, hace mucho calor! —protestan.

—¡Vamos a cazar lagartijas! —se los lleva mi suegro.

—¿Soy yo?

—No. Es Miguel.

—¿Y quién coño es Miguel?

—Mi chico. Ya te hablé de él.

Mi suegra se marcha llorando a la cocina y Luisma me mira con desprecio cuando nos quedamos solos.

—¿Y para esto has venido?

—He venido a ver a los niños.

—¡Has venido a joder!

—¡Luisma, no te pongas así!

—¡Me pongo como quiero!

—Tarde o temprano tenías que enterarte.

—Pues me lo podías haber contado por teléfono y no venir aquí a fastidiarme las vacaciones.

—Tú siempre estás de vacaciones, así que no sé de qué te quejas.

—Clara, tú siempre ganas —dice Luisma, al que noto ya muy cerca del llanto.

—¡Parad ya, que os van a oír los niños! —dice mi suegra saliendo de la cocina.

Mateo, Pablo y yo hemos pasado la tarde en la feria. Dos horas en las que me ha faltado valor para decirles que no a nada. Han subido en todas las atracciones, han comido helados, algodones de azúcar y palomitas de colores: una madre con mala conciencia es un chollo para un niño.

Son las diez de la noche y todavía no ha oscurecido cuando regreso a Madrid. Luisma no ha salido de su habitación para despedirme; mis suegros lo han hecho con poco entusiasmo y los niños, a los que me he pasado sobornando toda la tarde a base de caprichos, me han pedido que no me fuera. En el coche me pongo a llorar con la música otra vez a todo volumen retumbando en esta recta interminable. Canto y lloro al mismo tiempo sin saber realmente si estoy triste o alegre. Sólo sé que estoy sola y que este camino no va a ser fácil.

Mi madre está encantada con su nuevo nieto, pero mucho menos conmigo. Que yo no sepa quién es el padre es algo que le resulta imperdonable. O por lo menos eso dice. En un caso así, las madres ejercen de madres y deben castigar esas conductas. También yo saco la madre que llevo dentro para golpearme en la conciencia cada vez que pienso que mi niño puede tener dos padres y por eso se va a quedar sin ninguno. Mi madre no me dice directamente que no le gusta lo que está pasando. Eso sería mucho menos hiriente. Mi madre me muestra su desaprobación con gestos, con monosílabos, con una mirada que es capaz de dejarme sin aire. Siempre he preferido que pegue voces a que sólo utilice una frase.

—Mamá, he pensado en estudiar Márketing.

—Hija, cada uno hace lo que puede.

Muchas veces no puedo evitar ver a mi madre como alguien con un inmenso poder sobre mí. Es tan fuerte que cuando te protege no puede pasarte nada, pero que cuando te ataca sólo puedes rendirte.

El otro día fui a buscarla a su casa y me la encontré en el portal con José, el relojero. En la misma puerta me lo presentó y fue él el que propuso ir los tres a tomar un café. Igual que me pasa con mi madre cuando pienso en

Maite, también me acordé en ese momento de mi padre. Sin embargo, con José no tuve que hacer ningún esfuerzo para no montar un numerito. El novio de mi madre es un seductor con una mirada que crea adicción.

—Te pareces mucho a tu madre.

—No sé qué opinará ella de eso.

—Es ella la que más lo dice.

Mi madre no interviene en la conversación, prefiere escuchar y dejarme sola frente a su novio.

—¡Venga, eso sí que no me lo creo!

—¡Pero si salta a la vista! ¡Hasta os llamáis igual!

José me desconcierta. No para de piropear a mi madre ni de reconocer lo enamorado que está de ella. Me lo dice mirándome a los ojos y de vez en cuando tengo que retirarle la mirada para aliviarme. José es un hombre muy guapo. Y lo sabe. Y mi madre también lo sabe y disfruta de que yo también lo sepa. Cuando estoy definitivamente entregada al novio de mi madre, ésta decide hacerse presente y José se reclina en el respaldo de la silla.

—¿Cómo están los niños?

—Bien, ya sabes que en el pueblo se lo pasan de maravilla.

—¿Cuándo vienen? Estoy loca por verlos.

—A finales de mes. Yo iré todos los fines de semana.

—¿Cómo está Luisma?

—Como siempre.

—¿Cómo se ha tomado lo tuyo?

—Ya te contaré.

—Yo, si no os importa, os voy a dejar —dice José, que además de guapo es listo.

—Nos vamos todos —aclara mi madre, que también prefiere que se lo cuente otro día.

Los tres salimos de la cafetería y vamos caminando en dirección a casa de mi madre.

—José, ¿subes?

—Claro, cariño.

—Hasta mañana, hija.

—Encantado de haberte conocido.

Mi madre subió a su casa con un señor muy guapo que está loquito por ella y yo regresé a la mía para dormir sola. Por el camino no pude evitar pensar en mi madre con su amante y me avergoncé un poco. Ésas son cosas para las que una no puede estar preparada por muy mayor que se vaya haciendo. Mi madre es feliz con su relojero y yo me alegro, aunque prefiera no imaginarme según qué cosas.

He decidido llamar a mi padre para invitarle a un café a él y a Maite. ¿Por qué no? Además, creo que les debo una disculpa por el comportamiento que tuve el día que conocí a la amante pelirroja de mi padre. No quiero que esta cita sea nada parecido a un acontecimiento, ni que nadie tenga demasiadas expectativas. Ya se lo he advertido a mi padre. Es sólo un café, una manera de mostrarles respeto, pero no será el principio de nada.

Se nota que Maite se ha tomado su tiempo para arreglarse antes de nuestra cita. Llega acompañada de mi padre, que se sienta a su lado, los dos enfrente de mí. Dicen que ya se me nota la tripa, que estoy muy guapa, como todas las mujeres embarazadas, y que si necesito algo. Maite es amable, pero sabe muchas cosas de mí, demasiadas para mi gusto. Sabe lo del embargo de mi casa, cada uno de los fracasos empresariales de Luisma, que me han ascendido en la productora y que fotografío bragas de oferta. Sabe que tengo tendencia a engordar, que bailo bien y que siempre me he sentido un poco acomplejada frente a mi hermana. Debe de ser normal que esta señora tenga tanta información sobre mí porque mi padre se la habrá contado, pero a mí no me hace ninguna gracia. Maite habla como si perteneciera a la familia y eso me saca de quicio. Y eso no es lo peor: lo que más me molesta es su empeño en ser amable conmigo.

—¿Y cómo se va a llamar?

—No lo sé.

—La verdad es que estás guapísima.

—Gracias.

—En los otros embarazos lo pasaste peor, ¿no?

—Sí.

—Ya me dijo tu padre.

—Mi padre te dice muchas cosas, me parece.

—Claro.

—Pues de mí prefiero que le cuentes menos.

—Ya empiezas otra vez —interviene mi padre.

—Es que no sé quién es esta tía para saber tantas cosas de mí.

—No le hables así a Maite.

—No te preocupes, Fermín —apacigua Maite—. Es normal que Clara esté algo nerviosa.

—Yo no estoy nerviosa. Tú me pones nerviosa.

—Esto es el colmo —se indigna mi padre.

—¿Sabes lo que te digo, Clara? —me pregunta Maite amablemente.

—¿Qué?

—¡Que eres una niñata!

—¿¡Cómo!?

—¡Ni-ña-ta!

—¡Pero, Maite! —se sorprende mi padre.

—¿Tú quién te crees que eres para humillarme así? —me pregunta mirándome fijamente a los ojos.

—Yo no te... —intento rehacerme sin éxito.

—¡Mira, niña! Yo quiero a tu padre más de lo que te imaginas y lo único que pretendo es que las cosas sean sencillas para él...

—Ya, pero...

—¡Todavía no he terminado! —me interrumpe levantando un poco la voz—. A quien estás haciendo daño con tu actitud es a él, no a mí.

—Mi padre es mi padre. Ya lo solucionaré con él.

—Tu padre vive conmigo, niña. Y tú eres la hermana de mi hijo. Lo único que pido es respeto y tú ya me lo has faltado dos veces. No habrá una tercera.

Efecto Martínez va mal de audiencia. Después de dos semanas en antena, el programa no termina de despegar y estamos bastante por debajo de las expectativas que había. La competencia es muy dura en otras cadenas, que a esa hora tienen programas del corazón y de sucesos que arrasan y nos dejan casi sin opción. El caso es que el ambiente de trabajo no es muy bueno porque ya han echado a dos guionistas y la cadena nos ha exigido un nuevo cásting para cambiar a algunos colaboradores. Roberto está preocupado por si el siguiente es él, y yo no sé si prefiero que continúe el programa o que lo quiten definitivamente. Ésa sería la manera más directa de cogerme las vacaciones que no he tenido en verano. La verdad es que cuando los programas no funcionan, trabajar en la tele no es algo muy agradable.

Esther tiene la mente en su libro y en Jaime, ambas cosas muy alejadas de *Efecto Martínez*, programa del que en teoría es coordinadora de guiones. Roberto estaba muy venido arriba con el éxito de *Menudo Talento* y ahora anda de bajón con lo que ya es un inevitable fracaso profesional. Yo, para una vez que soy jefa, me da igual lo que pase, porque bastante tengo con lo que tengo... Las cosas nunca son casualidad y echando un vistazo a los que hacemos el programa, hay que reconocer que el milagro sería que tuviera audiencia. Hay que ser sinceros. Por lo menos en lo profesional, ya que en otras cosas no podemos. Roberto y yo no podemos contarle a nadie lo nuestro. Se lo he pedido por favor. Sobre todo, es importante que no se lo cuente a Miguel, que es su amigo. El día que discutí con Maite y mi padre en la cafetería llegué a la productora casi llorando. En la puerta me encontré a Roberto, que salía triste de allí después de haber tenido que comunicarle a un guionista que estaba despedido.

—¿Qué tal?

—Fatal. ¿Y tú?

—De pena.

—¿Nos vamos?

—¿Adónde?

—Yo qué sé.

—Vale.

Fuimos al centro a beber vinos él y Coca-Colas yo. Bueno, yo también me tomé un par de riojitas, que no perjudican al bebé, pero me servían como coartada si sucedía lo que finalmente sucedió. Yo con Luisma apenas lo hice durante los embarazos, y no por falta de ganas, sino porque él decía que no era bueno para el niño. Yo me conformaba, a pesar de la excitación que me provocaba la revolución de mis hormonas durante el embarazo. La verdad es que yo en esa época me conformaba con casi todo.

Roberto es un tipo con el que te tienes que dejar llevar. No puedes tomar la iniciativa, porque sabes que va a hacer las cosas bien, mejor que tú. Tienes la certeza en cuanto le besas. Es mejor no esforzarse por parecer lo que no eres. Roberto vive en un piso en el centro, en una calle estrecha en la que hay camellos y prostitutas. Es un edificio antiguo sin ascensor y una escalera de madera, desgastada por el tiempo, casi derruida. En el segundo piso hay una pensión y en el tercero una señora vieja en el descansillo, que debe de pasar allí más tiempo que en el interior de su casa.

—Hola, Robertito.

—Hola, doña Tere.

—¿Qué, otra nueva, no?

—¿No tiene usted nada que hacer?

Lejos de molestarme, el comentario de la tal doña Tere me quitó un poquito de presión. Un piso más arriba, el último del edificio, vive Roberto. Al llegar, mi respiración era fuerte y sonora y aunque le eché la culpa al esfuerzo de subir tantas escaleras, el caso es que los nervios tenían mucho que ver en que casi no me salieran las palabras.

Roberto abrió la pesada puerta y pasó él primero para encender una lamparita antes de darme paso. Nada más entrar me quedé fascinada. Era un piso enorme, completamente diáfano, sólo interrumpido por algunos pilares de hierro. Los techos altos, alguna pared de ladrillo, cuadros de vírgenes y ángeles, fotos eróticas, casi pornográficas, en blanco y negro en el espacio en el que estaba la cama. En el otro extremo de la casa había una pantalla enorme rodeada de altavoces, dos ordenadores portátiles y otros aparatos electrónicos que no sé muy bien para qué servían. Cuadros alucinantes, alguna escultura rara que sólo podría estar en esa casa, antigüedades al lado de algún mueble de diseño. La cocina parecía de exposición porque no daba la sensación de que allí se cocinara mucho y el baño era lo único que tenía paredes. Había una librería de más de cinco metros repleta de libros viejos cuyo desorden componía inexplicablemente un espacio armónico. Esa casa era el sitio más maravilloso del mundo para pasar las siguientes dos horas. Roberto era el hombre con el que me apetecía pasarlas. Me senté en un sofá rojo y él fue a poner música.

—¿Te gusta el jazz?

—Sí, mucho... ¡Muchísimo!

—¿Ella Fitzgerald o Bessie Smith?

—Claro.

—Sí, pero ¿cuál pongo?

—Pues esa que has dicho.

Una voz maravillosa salía de alguno de aquellos altavoces mientras Roberto cerraba las contraventanas de los balcones para dejar la casa casi a oscuras antes de encender un par de velas que había encima de una mesa. Yo le miraba desde el sofá, deseando que se abalanzara sobre mí, pero con un poco de vergüenza por la situación y porque desnuda mi tripa ya va teniendo un tamaño considerable. Roberto se puso de pie delante de mí y se descalzó. Después se quitó la camiseta y se quedó sólo con los vaqueros, de los que abrió un par de botones. Con el torso y los pies desnudos cogió un cojín del sofá en el que yo estaba sentada y lo tiró al suelo entre mis piernas, que abrió para arrodillarse justo en medio. Con un suave empujoncito llevó la parte superior de mi cuerpo hacia el respaldo del sofá y la inferior hacia el borde del asiento, donde me esperaba arrodillado frente a mí. Abandoné mi cabeza en el respaldo y dejé que Roberto me descalzara, abriera mi blusa botón a botón y me quitara el pantalón muy despacio y con una inexplicable facilidad. Hay veces que la suerte se alía con una y aquella mañana el destino había querido que del cajón hubiera cogido un tanga verde muy digno y no las bragas gigantes de embarazada que ya he empezado a ponerme. Además, ahora me ha crecido un poquito el pecho y el sujetador negro que me puse me lo hacía precioso. Roberto lo desabrochó y me lo quitó a la vez que la camisa. Cuando me desnudó del todo, me puse nerviosa y a punto estuve de parar. Roberto lo notó y me pidió que me relajara. Me acarició con deseo y noté que lo que estaba viendo le gustaba. Recobré la seguridad y volví a excitarme como al principio. Tuve la tentación de tumbarme en el sofá, pero Roberto me retuvo sentada y me invitó a levantar la cabeza para ver cómo, arrodillado ante mí, se deslizaba con su boca desde mis pechos hacia abajo. Muy despacio, muy suave, muy seguro. Mientras bajaba, Roberto no apartaba su mirada de la mía y mi excitación se convirtió casi en histérica cuando sus labios y su lengua se metieron por el interior de mis muslos. Desde ese momento, y hasta el final, no se me ocurre otra manera de describir nuestra relación sexual como la mejor que he tenido en toda mi vida. Que yo recuerde. Roberto sabe hacer las cosas, eso es indiscutible, pero no creo que todo el mérito fuera suyo, ni de la cantante de jazz esa a la que no había oído en mi vida, ni de esa casa maravillosa en el centro. Me parece que la responsable de haber disfrutado tanto del sexo fui yo, que fui más yo que nunca.

Los niños están a punto de empezar el colegio ahora que están a punto de quitar el programa y que yo estoy a punto de cumplir treinta y seis años. Falta muy poco para que todo eso suceda y posiblemente lo primero que pase es que quiten *Efecto Martínez*, que cada vez es peor y cada vez se nota más. Es un informativo de humor en el que no te enteras de nada y que cada vez tiene menos gracia. La gracia, toda la del mundo, la tiene el libro de Esther. Ahí está volcando todo su talento y no se guarda nada para el programa. Al final, lo mejor de *Efecto Martínez* está siendo la presentadora, que está haciendo la pobre lo que puede con un programa tan escuálido de contenido. Estoy deseando que «arriba» decidan definitivamente suprimirlo y me pueda dedicar por entero, aunque sea sólo una semana, a Mateo y a Pablo, a los que veo todos los días para acostarlos, pero echo muchísimo de menos.

Luisma está enfadado desde que se enteró de que estoy embarazada. Lo entiendo. No quiere que sus hijos tengan un hermano del que él no es el padre, un niño con el que él no se pueda ilusionar. Intenta hacerme sentir culpable, algo que consigue a medias, porque culpable ya me siento yo solita sin que él intervenga.

Hay veces que me gustaría desprenderme de mi culpa con una mentira que a lo mejor es verdad y decirle que él es el padre. Hay otras incluso en las que pienso que volver con él sería la mejor opción para poner orden en mi vida. Si esto me pasa hace algunos años, creo que lo hubiera hecho. Lo malo de hacerte mayor es que cada vez puedes engañarte menos y eso complica mucho las cosas.

Una de las cosas que me reprocha Luisma es el disgusto que tiene su madre cada vez que se acuerda de que estoy embarazada de otro que no es él. Dice que se pasa los días llorando, algo que me creo de Elisa, que es una señora que llora muchísimo. Luisma es una buena persona, así que el daño que es capaz de hacer siempre es un daño limitado. Eso sí, su capacidad para sacarme de quicio sigue siendo bastante notable.

—Ya que tus padres nos van a ayudar con el embargo del piso, he pensado...

—Perdona que te interrumpa, pero mis padres no «nos» van a ayudar, me van a ayudar a mí.

—Bueno, eso... El caso es que he pensado montar un negocio al que llevo dándole vueltas un tiempo...

—¿Pero tú estás bien de la cabeza?

—Mujer, si no puede fallar... ¿Adónde vas?... Espera que te diga lo que es... ¡Encima que se lo iba a contar! ¡Hay que ver cómo se ha puesto!

No sé si era real, pero mi impresión hace no mucho tiempo era que mi vida le pasaba desapercibida a todo el mundo. Tampoco sé si es real ahora, pero últimamente creo que todo el mundo está demasiado pendiente de mí. Mi intención de que nadie se enterara de mi lío con Roberto no ha sido posible. Yo sólo se lo conté a Esther, y Roberto, al parecer, sólo se lo contó a Carmen. Roberto presume de llevarse muy bien con todas sus ex —no sé si con esa declaración ya me está preparando el terreno para cuando yo lo sea—. El caso es que ya lo sabe todo el mundo. Hasta Miguel, que sigue con sus documentales, se ha enterado de que su amigo y su ex están liados. Eso también me hace sentir culpable. No he vuelto a ver a Miguel desde el día que le dije que estaba embarazada en la cafetería, pero pienso en él muchas veces al día. No sé, pero si tuviera la certeza de que él es el padre no me sentaría nada mal. No puedo evitar pensarlo. Me encantaría que me llamara y poder tomarme algo con él, pero respeto que él no quiera hacerlo. Ojalá sea cuestión de tiempo.

Roberto me hace reír, Roberto es muy inteligente, Roberto está seguro de sí mismo, Roberto está buenísimo. Me encanta estar con Roberto porque es el chico que siempre he pensado que nunca estaría conmigo. Me recuerda a Quique, aquel novio de 2.º B, el niño con el que querían estar todas las niñas y que me eligió a mí. Con Luisma siempre he sido un poco su madre y a Miguel le he querido transformar para que fuera el que yo quería.

A Roberto no hay que hacerle nada, sólo dejarse llevar a donde quiera llevarte. Sobre todo en la cama, donde hasta lo más común con él parece nuevo.

Sornitsa se ha separado de su marido porque está «segurra» de que se ve con otra mujer, aunque él, Estanislao, creo que se llama, lo niega una y otra vez. Suele pasar cada vez que está alguna semana de vacaciones, que vuelve a casa con la certeza de que su «marrido» la engaña. En esta ocasión, al parecer, es con una «cajerra» del supermercado de debajo de su casa. También «búlgarra», pero con papeles. Mi asistenta está triste y eso es algo que se nota en la casa. Cuando Sornitsa está contenta los niños son más obedientes y yo estoy más segura. Si ella está bien, todo estará bien. Lo único malo cuando Sornitsa es feliz es que habla por los codos y no para de contar anécdotas de todo lo que sucede, vengan a cuento o no, que te pone la cabeza loca y no sabes cómo decirle que pare. Es divertido ver a los niños reír de su forma de contarlas y a ella misma, que ríe aún más sin saber qué palabra habrá dicho mal en cada momento.

—Clarra, mi móvil no sueña.

Ahora lleva algunos días que apenas habla y me reprocha casi todo lo que hago. Es una característica de Sornitsa, que cuando se enfada saca lo peor de una asistenta y lo peor de una madre: no limpia bien y te dice como nadie lo mal que lo haces todo. Espero que Estanislao se centre pronto, se canse de la cajera y Sornitsa vuelva.

Me ha llamado Jaime para ver cómo estaba y me ha dado una alegría. No sólo por su llamada, sino porque no tenía ni idea de la discusión que yo había tenido con Maite. Me parece que eso dice mucho de ella. Podría haberme descalificado por mi comportamiento, pero todo lo contrario: «Mi madre me contó que estuvo contigo y que muy bien. Me alegro mucho».

Jaime y Esther siguen juntos y va para tres meses. Todo un récord para mi amiga, que nunca le he conocido ningún chico que le durara más de dos semanas. Ella decía que una relación tiene que durar lo que te duren las ganas de hacer sexo con ese chico, porque para ir al cine ya están las amigas. En eso Esther siempre ha sido muy hombre. Con Jaime, sin embargo, va al cine, y a cenar, y a pasear por el parque cogidos de la mano, y a la playa a ver una puesta de sol.

He invitado a Jaime a casa a comer el próximo sábado, que es mi cumpleaños. Es una celebración familiar y me apetece que esté. Sé que a mi madre le va a costar un poco, pero le he dicho que lo vea como al novio de Esther, que también quiero que esté. Además estarán mis padres, Luisma y los niños.

Éste será el primer cumpleaños sin María, así que prefiero que haya mucha gente a la que atender para no tener la tentación de encerrarme en mi cuarto a llorar acordándome de ella. Mi cumpleaños es el 5 de octubre, y el de María al día siguiente, el 6. Ella hubiera cumplido treinta y nueve. Siempre los celebrábamos juntas y apagábamos dos velas de un mismo soplido después de pedir un deseo, que a mí nunca se me ocurre en ese momento. Me pasa todos los años frente a las velas o cuando alguien tiene una pestaña en el meñique y antes de soplarla te dice: «¡Corre, piensa un deseo!». Yo me bloqueo y el primero que se me ocurre nunca está a la altura. Debo pensar en estas cosas y tener algunos deseos preparados para cuando llegue el momento: que me deje de gustar la Nocilla, por ejemplo. Espero que todo salga bien ese día y si estoy de humor, Luisma se quedará esa noche con los niños y yo lo terminaré de celebrar por la noche en casa de Roberto.

El bebé está bien. Me lo ha dicho don Gonzalo esta tarde en la ecografía. Cada vez tengo más conciencia de estar embarazada y no sólo porque ya tenga dos tallas más de sujetador. Hasta ahora mi embarazo era un accidente, un suceso, algo que no me había pasado a mí. Ahora no. Quien se mueve en la pantalla no soy yo. Y aunque deformes, tiene manos, pies, tronco y cabeza. Y le late el corazón. Y lo escuchas a todo volumen por la maquina esa. Cuando ponen el sonido del corazón de un bebé por el altavoz en una ecografía, los padres suelen llorar, pero yo creo que es del susto que se meten.

Su corazón late perfectamente y todo le mide lo que le tiene que medir. El bebé está bien.

—Te veo más contenta, Clarita. —Don Gonzalo siempre me llama así.

—Las cosas van mejor, don Gonzalo. —Yo también le llamo siempre así.

—Cuídate y no hagas muchos esfuerzos, Clarita.

—Don Gonzalo, quería hacerle una pregunta sobre eso.

—¿Sobre qué?

—Sobre los esfuerzos.

—Dime, Clarita.

—Es que últimamente he conocido a alguien y... bueno, en los otros embarazos yo con Luisma no... pero ahora con este chico es que... bueno ya me entiende...

—Sin problema, Clarita. Con tal de que tú estés contenta.

La revisión ha sido un poco larga y llego tarde a la productora. Me hubiera gustado pasarme a comprar la tarta y ternera para hacer un redondo para el sábado. Es el plato que mejor sé hacer, así que mejor apostar por algo seguro. Después de que el metro tuviera una nueva avería he llegado a trabajar casi a las cinco. Al ver las caras de la gente me doy cuenta de que eso ya no es muy importante. Roberto, Esther, dos guionistas y una redactora están bebiendo café de máquina en la redacción comentando la noticia que todos esperábamos de un momento a otro: la cadena ha decidido quitar *Efecto Martínez*. La audiencia no ha mejorado y se han cansado de esperar. Esther se va definitivamente a acabar su novela y a trabajar como guionista en una película. Roberto, que estaba contratado para el programa, se irá de la productora, y yo dejaré de ser jefa, que, la verdad, no me ha aportado nada. Lo más probable es que vuelva a ser la segunda de Carmen, que sigue en la serie de abogados. Eso sí, será después de dos semanas de vacaciones que me voy a tomar a partir del lunes. Ahora, como aquí ya no hay nada que hacer y es pronto para regresar a mi casa, me voy a ir con Roberto a la suya a tomarnos algo y a lo que surja. Que como dice don Gonzalo, es bueno para el bebé que yo esté contenta.

Mis hijos han sido los primeros esta mañana en cantarme el *Cumpleaños feliz*. Me ha encantado, pero ahora no puedo con el estrés. Sornitsa está limpiando y ocupándose de los niños, pero yo no doy abasto entre el redondo, partir el queso, el lomo, sacar las aceitunas. Y que no se me olvide meter las cervezas en la nevera, que si no están muy frías mi padre se pone de mal humor.

Los primeros en llegar son Esther y Jaime, que traen vino y pastelitos. Esther se viene conmigo a la cocina y Jaime pronto conecta con los niños, que ignoran por completo que ese señor pelirrojo es su tío. Mi padre es el siguiente en llegar, que también ha decidido traer vino y pastelitos. Me da un beso y me mira a los ojos para decirme felicidades. Al mirarnos, entendemos que los dos estamos pensando en María, pero hacemos un esfuerzo para no empezar tan pronto con las lágrimas. «¿Cómo va ese redondo?, que me muero de hambre», dice antes de saludar a Esther, en la que no había reparado todavía. Pronto se va con Jaime y los niños al salón. La mesa está casi puesta cuando llaman al timbre mi madre y Luisma, que se han encontrado en el portal.

—¡Mira qué casualidad! —dice mi madre—. Luisma y yo hemos traído lo mismo: vino y pastelitos.

—Sí que es casualidad, mamá.

—¡Felicidades, cariño! Estás guapísima.

Antes de terminar la frase ya tiene los ojos a punto de estallar en lágrimas. Pero hay que seguir. «¿Dónde están mis niños?», dice a voces para que la oigan. Los niños se abalanzan sobre ella con entusiasmo, lo que le hace reír. Pronto se recompone porque ha llegado el momento.

—Mamá, éste es Jaime.

—Encantada, Jaime.

—Encantado, señora.

—No me llames señora, que me haces mayor. Me llamo Clara.

—De acuerdo, Clara.

—¿Tú has probado ya el redondo de mi hija?

—Todavía no he tenido el gusto.

—Entonces todavía no eres de la familia.

—Pues ya falta poco para eso, porque huele desde aquí.

—Pues bienvenido a la familia. De corazón.

Mi padre y yo hemos asistido estupefactos al diálogo y yo estoy a punto de ponerme a llorar. Si no fuera porque no es momento para escenitas, me habría abrazado a mi madre para decirle que gracias, que qué pedazo de señora, que qué suerte que sea mi madre.

El redondo me ha salido riquísimo. Se nota porque todo el mundo repite y porque esas cosas se notan. Hasta Luisma me ha dicho que como mi redondo no hay ningún redondo en el mundo. Desde que tiene la idea de un nuevo negocio quiere estar a buenas conmigo y ya no le importa tanto lo de mi embarazo. Ha llegado a decir incluso que un niño siempre es una bendición. De todas formas, intento ser amable porque no me siento bien cuando reparo en que él es el único de la mesa que no sabe que a lo mejor es el padre. Me da un poco de pena, aunque me dura poco, sobre todo cuando sé con certeza que no le falta nada para meter la pata de una manera dramática.

—Fermín, ¿te he contado el nuevo negocio que he pensado?

—¿Negocio? —dice mi padre alarmado.

—¿Alguien quiere más redondo? —interrumpo intentando evitar lo inevitable.

—Una tienda de bicicletas. Voy a montar una tienda de bicicletas.

—¿Bicicletas? —se indigna mi padre.

—No puede fallar. Con lo del cambio climático se van a poner de moda —contesta Luisma sin darse cuenta de que mi padre se ha indignado.

—¿Y cómo vas a pagar tú la tienda de bicicletas?

—Pues ahora que se va a solucionar lo del piso podemos pedir un préstamo pequeño y...

—Mira, Clara, tu madre y yo habíamos tomado una decisión que no te habíamos dicho, pero que me parece que éste es un buen momento.

—¡Ahora no, Fermín! —le interrumpe mi madre.

Mi padre está decidido a contar algo y para eso le dice a los niños que se vayan a jugar a la habitación hasta que soplemos las velas de la tarta. Los niños aceptan y se marchan. Esther, muy inteligente, permanece callada, pero Jaime intenta ser agradable.

—¿Y tú, Luisma, sabes mucho de bicicletas?

—Hombre, sé lo que hay que saber.

Cuando los niños desaparecen por fin en su habitación, mi padre vuelve a la carga. Se dirige a mí.

—Tu madre y yo asumimos la deuda de ciento veinte mil euros del embargo de esta casa con la condición de quedarnos con la mitad.

—¿Y eso qué quiere decir? —pregunta Luisma.

—Que tú nos vas a dar tu mitad a nosotros. Una parte será nuestra y la otra de Clara. O es así o no quitamos el embargo.

Luisma no sabe qué decir. Yo, tampoco. Esther y Jaime deciden permanecer callados.

—Entonces yo me quedo sin nada —dice Luisma para llenar el silencio.

—Eso es. Esta casa deja de ser tuya porque no quiero que mis nietos se queden en la calle.

Luisma se vuelve a callar, asumiendo la humillación. Suena el teléfono, pero nadie hace caso. Será alguien para felicitarme.

—Luisma, tienes que entenderlo —interviene mi madre—, piensa que en realidad ese dinero no es nuestro, es de María.

—Gracias a él —sigue mi padre— vamos a solucionar un problema que tú has causado —concluye.

—Venga, ya está bien —digo yo.

El teléfono vuelve a sonar y a callar cuando nadie responde. Luisma se recompone en la silla y saca no sé de dónde una dignidad muy difícil en su situación.

—¡Pues nada de bicicletas! Bueno, ¿soplamos las velas o qué? —dice, tragando saliva.

—Las soplamos, las soplamos —digo yo.

—¡Qué tiempo tan bueno para estas alturas del año! —interviene Jaime.

—¡Espléndido! —dice mi madre.

—¡Bueno de verdad! —comenta Esther.

—¡Una maravilla de tiempo! —añade mi padre.

—¡Parece verano! —concluye Luisma por fin.

Los niños vuelven al salón poniendo un poco de ruido en el ambiente, que es muy necesario. Yo aparezco con la tarta, que, como siempre, lleva dos velas. Una por mi cumpleaños y otra por el de María. Los niños me ayudarán a soplarlas. El teléfono vuelve a sonar y Pablo corre a cogerlo.

—¡Mamá, es para ti!

—¿Quién es, cariño?

—No sé, un señor.

—¿Diga?

—¿Clara?

—Sí, soy yo, ¿quién es?

—Soy Luis... el hermano de Carlos... el cuñado de María. ¿Te acuerdas?

—Sí, claro, Luis. Dime.

—He tardado en encontrarte porque no tenía tu teléfono, pero creo que debías saberlo.

—¿Saber qué?

—Carlos se ha suicidado.

Luis me cuenta que su hermano se tomó dos frascos de pastillas en el apartamento en el que vivía en la calle Cincuenta de Manhattan. Ha dejado una nota en la que dice que no lo soportaba más, que pensar en su muerte era lo único que le hacía feliz. Ahora su cuerpo viene de regreso a España y dentro de un par de días será el entierro.

No podía creer que mi cuñado acabaría suicidándose por amor. En realidad, no sé si Carlos lo ha hecho sólo por eso, aunque a mí me gustaría pensar que sí. La locura tiene muchas formas distintas y a lo mejor esta vez se ha disfrazado de amor. Como en las películas que no son buenas, pero que tanto me gustan. Me da tanta pena por Carlos. Qué inmensa debe de ser la tristeza antes de tomarte dos frascos de pastillas. Cuánto debe de doler esa soledad. Lo imagino como un dolor sin el consuelo de la emoción. Un dolor seco. Qué miedo me da ese dolor.

Las velas casi se han consumido antes de colgar el teléfono, pero todavía puedo soplarlas. Los niños arrancan el cumpleaños feliz y todos les siguen, ajenos a la noticia que acaban de darme.

Hoy sí tengo claro el deseo que quiero pedir antes de soplar. Miro a todos los que hay en la mesa y pido con toda mi alma que alguien a quien yo quiera nunca sufra ese dolor.

En estas dos semanas de vacaciones he podido estar con los niños todo cuanto he querido. El resto del tiempo me lo he pasado entre el banco y el notario. Mis padres lo tenían todo preparado y en diez días se ha levantado el embargo sobre la casa y ahora comparto propiedad con ellos y no con Luisma. No había opción. Si queríamos solucionar el problema, teníamos que acatar su decisión. Luisma lo ha aceptado y no se ha enfadado. Demasiado. Lo único que me ha pedido es que no se lo cuente a sus padres y que pueda seguir entrando a casa para estar con los niños. Eso, por supuesto, es algo que le he rogado yo que nunca deje de hacer. Nada tiene por qué cambiar, salvo él, que debería empezar a hacerse mayor.

Todos estos días he llevado y he recogido a los niños del colegio. Por fin van juntos, porque Pablo el curso pasado iba todavía a la escuela infantil. Las primeras semanas le costó un poco, pero ésta ya no ha llorado. Mateo ejerce de hermano mayor protegiendo a Pablo. Yo les dejo en la puerta y Mateo coge de la mano a Pablo y le lleva hasta su clase antes de irse él a la suya. Me encanta verles alejarse de espaldas hasta que doblan la esquina del patio. Me gusta mucho observarles cuando no saben que les miro. Así puedo verles mejor. Después del colegio he estado con ellos algunas tardes en el parque. Hoy también hemos venido. Pablo no para de tirarse por el tobogán y Mateo está jugando en la hierba.

—¡Mira, mamá, un caracol!

—Hijo, no lo toques que me da cosa.

Pablo pretende hacer un alarde y bajar de pie por la pendiente del tobogán con un resultado fatal. Una señora grita.

—¡Ay, el chiquillo, qué porrazo se ha pegao!

—¡Pablo, hijo!

Pablo tiene un chichón en la frente que ya es del tamaño de un huevo. No parece más que eso, pero voy a llevármelo a urgencias para que le miren bien. Arranco a toda prisa y cuando estoy a punto de salir:

—¡Mateo! ¿Y Mateo?

Mateo sigue absorto al lado del matorral mirando al caracol. Al cuarto grito por fin me oye y corre a montarse en el coche para llevar a su hermano al médico. Al entrar, se ríe del chichón de su hermano, que ya empieza a teñirse de morado.

Como estoy embarazada, no me dejan entrar con Pablo para las radiografías. Me quedo fuera con Mateo.

—Pobre Pablo, qué huevo tiene.

—Os he dicho mil veces que por el tobogán hay que tirarse sentados.

—Yo nunca me tiro de pie.

—¡Ya! ¡Como te vuelva a ver hacerlo, verás!

—¿Mamá?

—¿Qué?

—¿Los caracoles saben que son caracoles?

—Y yo qué sé. ¿Qué pregunta es ésa?

Un celador con zuecos verdes sale con Pablo en una mano y las radiografías en la otra. Me pide que le acompañe a la consulta donde está el traumatólogo. Mientras él mira las radiografías por la ventana de luz, no sólo me acuerdo de María, también de Carlos. El médico dice que Pablo no tiene nada, un chichón que se pondrá negro y un buen susto. Nada más. De vuelta a casa, Pablo se duerme en su silla del coche mientras Mateo mira pensativo por la ventana.

—Yo creo que no, mamá.

—¿Que no qué?

—Que los caracoles no saben que son caracoles.

—¿Por qué?

—Porque no pueden verse.

Cada vez estoy más gorda. Y no sólo de la tripa, que es donde crece el bebé, sino toda yo me estoy redondeando peligrosamente para estar de siete meses. En estas últimas semanas Roberto y yo lo habíamos hecho mucho menos, bueno concretamente no lo habíamos hecho nada en los últimos diez días. Y no por falta de ganas. Me refiero a las mías, que el embarazo me ha provocado un furor impropio de una señora decente. Roberto es el que ha tenido problemas.

—Te juro que es la primera vez que me pasa.

—No te preocupes, es algo normal.

Dije esa frase porque es la que se dice en las películas, pero salida de mi boca sonó como si yo fuera una mujer de una enorme experiencia en gatillazos.

—Es que es el embarazo, que...

—¿Qué?

—Que creo que le voy a hacer daño y me desconcentro.

—No te preocupes, que don Gonzalo me dijo que...

—¿Quién es don Gonzalo?

—Da igual. Voy a vestirme.

—Clara, ¿tú y yo qué somos?

—¿Cómo?

—Es que yo ahora no quiero atarme a nadie.

Roberto estaba rompiendo conmigo con esa frase tan vulgar y yo estaba todavía a medio vestir. Intenté mantenerme en la postura más digna posible mientras me subía mis vaqueros con elástico hasta la mitad de mi tripa, un poco por debajo de mi pecho, cada vez más enorme. De repente, tuve claro que lo que estaba sucediendo era lo más normal del mundo y hasta tuve que hacer un poco de esfuerzo para que me doliera un poco cuando Roberto terminó con eso de «me gustaría que siguiéramos siendo amigos».

Es posible que más adelante, después del parto, pueda sacar de Roberto lo mejor que tiene, pero es imposible que él y yo seamos una pareja con una hipoteca, una suegra y una tele en el dormitorio. Tal vez, cuando recupere mi cintura —la que me quede después del tercero—, pueda seguir viéndome con él en la cama, que es su escenario natural. Algo así no podría haberlo pensado hace unos años sin sentirme culpable, pero ahora me encanta pensarlo. ¿Por qué si no hay dos personas iguales queremos que todas las relaciones sean idénticas? Es un error en el que caemos frecuentemente, sobre todo las mujeres. Roberto tiene siete años menos que yo, le encanta el cine europeo, cantantes que yo no conozco, vive en un piso enorme que no tiene habitaciones, una cocina de adorno y los cuadros están en el suelo. Yo tengo dos niños y espero otro, lloro con *Pretty woman,* escondo el CD de Rick Astley cada vez que alguien se sienta en mi coche, y si pongo un cuadro en el suelo seguro que Sornitsa lo tira a la basura. ¿Cómo vamos a ser Roberto y yo una pareja por mucho que me ría con él y por mucho —muchísimo— que disfrute con él en la cama?

Lo único que no me gusta de trabajar en series de ficción es que no estás casi nunca en los rodajes. En los programas es distinto, porque siempre estás allí y los vives más. Cuando son series, el trabajo es más de mesa y teléfono. Lo bueno de ésta es que ya está empezada y lo único que tengo que hacer es subirme al carro de la producción que, como siempre, funciona de maravilla con Carmen. Naturalmente, ella es mi jefa y yo estoy encantada. Me apetece estar escondida laboralmente hasta que dé a luz. No ha sido una buena experiencia ser jefa de producción en *Efecto Martínez* y ahora prefiero descansar detrás de alguien que me dé confianza.

La serie de abogados es entretenida, con los ingredientes normales de cualquier serie, sea de bomberos, policías, médicos o periodistas. Dos protagonistas guapos, él y ella, que trabajan juntos y que se llevan fatal, pero que en el fondo se respetan y se desean. Alrededor de ellos los casos que se resuelven en el bufete tienen algo de social, algo de acción, algún malo malísimo y algún bueno buenísimo. Todo debe estar muy claro en televisión para que la gente lo entienda y no tenga que ponerse a pensar a las diez de la noche. Naturalmente, el título de la serie de abogados es *Abogados*. Mi trabajo aquí consiste en coordinar a los equipos para el rodaje de las secuencias. Es algo complejo en ficción porque no se graba en orden. Es posible que esta mañana hagamos la escena 25 del capítulo 6 y mañana la 12 del capítulo 4. Coordinar actores, vestuario, equipos y localizaciones no es fácil, pero es divertido. Aquí voy a estar a gusto por lo menos hasta Navidad, donde a lo mejor me cojo la baja para ir arreglando la casa antes de dar a luz.

Con las revisiones en el ginecólogo, que cada vez son más frecuentes, estoy faltando al trabajo más horas de las razonables. Menos mal que el ambiente de trabajo es fantástico y que *Abogados* está siendo un éxito de audiencia, pero sobre todo menos mal que está Carmen.

—¿Qué tal con Roberto?

—Me ha dejado.

—¿Y cómo estás?

—Si te digo la verdad, muy bien.

—¿Y ahora sois amigos?

—Sí.

—Es lo mejor que se puede ser de Roberto.

—¿Y eso?

—Porque salvo en la cama, Roberto todavía es un crío.

Carmen cada vez me gusta más, la quiero más y la admiro más. Qué capacidad para hacer las cosas fáciles, qué mujer tan generosa, qué mujer tan digna, a pesar de haber tenido una vida tan difícil. Carmen no ha sido hasta ahora una persona importante en mi vida, no ha tenido un lugar relevante en mi lista de amigas, donde sigue estando únicamente Esther. Hasta me pongo un poco celosa al pensar que ella es mucho más amiga de Carmen que yo. Lo que pasa es que para que Carmen fuera mi amiga me tendría que atrever a decirle que quiero que lo sea, a decirle lo que pienso de ella. No es fácil decirle algo bueno a alguien que es tu jefa sin que parezca otra cosa. Da igual. No puede costarme tanto decirle a la gente las cosas buenas que tiene. En eso tengo que ser más valiente.

Me han llamado del estudio de fotografía para hacer un trabajo un poco especial. Llevaba mucho tiempo sin pasarme por allí y, al verme, la gente del laboratorio no se ha atrevido a darme la enhorabuena por mi embarazo. A pesar de que tengo un bombo considerable he tenido que ser yo la que comunicara mi estado para que por fin se atrevieran a felicitarme.

—Es que creíamos que habías engordado más de la cuenta.

No sé si tomarme esa frase mal o bien, así que me la tomaré bien. El trabajo para el que me llaman es especial porque se trata de una sesión para una revista pornográfica. Al parecer, no es un simple desnudo explícito como los de *Penthouse* o *Playboy.* Esas revistas tienen fotógrafos profesionales estupendos. La sesión que tengo que hacer es porno para una publicación de bajo presupuesto, de esas en las que el cuidado de la iluminación es algo más bien secundario. Los modelos están esperando en la sala del estudio y aunque me puede la curiosidad por hacer las fotos, le digo al jefe que me lo estoy pensando, que esas fotos no me gusta hacerlas, que no sé si...

—Son mil euros. Te los pago en cuanto termines.

—¡Vale!

Dos chicas rubias, un negro enorme y un pelirrojo culturista están en el plató envueltos en unos albornoces blancos sentados en un sofá mientras voy colocando los focos para la sesión. Detrás de mí, inspeccionándolo todo, un señor bajito peinado a raya con gomina y gafas blancas de pasta. Estoy nerviosa, pero intento aparentar una actitud profesional, la misma que mantengo cuando tengo que fotografiar langostinos. Ya está todo dispuesto, así que podemos empezar. El señor bajito llama a los actores.

—¡Empezamos con Gustav y Adriana, vamos, chicos!

Adriana es una de las rubias y Gustav el pelirrojo. El negro y la otra rubia se quedan en el sofá esperando dentro del albornoz. Delante de mí tengo completamente desnudos a los modelos, que empiezan a tocarse a modo de calentamiento. El señor de las gafas me dice que espere a que Gustav esté preparado. La rubia le ayuda en todo lo posible y pronto Gustav está como tiene que estar para las fotos. El señor de las gafas me indica que puedo empezar a disparar. Justo cuando enfoco me suena el móvil, que tengo puesto a todo volumen.

—¡Perdón! Es un momento —me disculpo—. ¿Quién es? —digo susurrando.

—¿Clara? —dice alguien gritando.

—¿Que quién es? —sigo susurrando.

Gustav me mira con impaciencia y yo compruebo que ya no está para posar. El señor bajito se desespera.

—¡Señorita, estamos trabajando!

—¡Clara, no te oigo! ¿Eres tú?

—¡Que sí! —grito por fin.

Gustav y la rubia paran en seco, el señor bajito blasfema en algún idioma y el negro se ríe desde el sofá junto a la otra rubia.

—¡Clara, soy Miguel!

—¡Miguel! Qué sorpresa.

—Me gustaría hablar contigo...

—Es que ahora te tengo que dejar.

Pido disculpas a todo el mundo mientras apago el móvil. En las siguientes dos horas fotografío a los cuatro modelos haciendo de todo entre todos. Al principio, algunas cosas me han dado algo de reparo, pero sí: reconozco que a ratos me he excitado mucho y a ratos muchísimo. Y sí: el negro a ratos la tenía enorme y a ratos gigante. Esa imagen tardará mucho en borrarse de mi mente y pienso utilizarla como se merece para mi propio beneficio.

Este embarazo está teniendo poco que ver con los dos anteriores, salvo en una cosa: las ganas de sexo. En los dos anteriores el pobre Luisma no sabía cómo librarse de mí y de mis hormonas revolucionadas. Ahora, como no tengo pareja, pero sí hormonas, la única opción es echarle imaginación y abandonarme en soledad, que también tiene sus ventajas. Por ejemplo, que en el último mes he mantenido sin moverme de mi habitación varios encuentros en un baño de una discoteca, en un avión y en una mesa de billar con uno de los actores protagonistas de la serie de abogados, al que no tengo el gusto de conocer personalmente.

Voy feliz a mi cita con Miguel, otra vez en el restaurante japonés del centro. No sé si será real lo que veo o es lo que quiero ver, pero yo diría que Miguel está guapo. Tiene el pelo más largo, va sin afeitar y en vaqueros. Cuando entro en el restaurante él ya está sentado.

—¡Qué guapa estás!

—¡Anda ya!

—¿Puedo? —me dice señalando mi tripa.

—Toda tuya. Eso da suerte.

Miguel acaricia mi tripa mientras me mira a los ojos. No puedo sostener su mirada y le evito como si estuviera ocultándole algo. De hecho, le estoy ocultando algo. No pedimos la carta porque Miguel le dice al maître que nos vayan sacando cosas. Cada una está más rica que la anterior. Hablamos mucho de mi embarazo, de Roberto, con el que me cuenta que últimamente no tiene mucha relación. Estoy a punto de confesarle que yo tampoco, pero me contengo porque no me apetece hablar de eso. Le va bien en su trabajo, aunque ya está a punto de terminar la serie de documentales y luego no tiene muy claro lo que va a hacer. Yo le cuento el desastre de mi experiencia como jefa y de lo a gusto que estoy ahora con mis abogados. Miguel avanza en la conversación.

—He pensado mucho en ti todo este tiempo.

—Y yo.

—No tenía las cosas claras.

—¡Qué aburrido debe ser tener las cosas claras!

—Ahora sé que me gusta estar contigo.

—¿Me estás pidiendo volver?

—Te estoy diciendo que podemos ser amigos.

—Le voy a acabar cogiendo gusto a la frase.

De postre traen un helado de color naranja que está buenísimo. Miguel se muere de risa cuando le cuento lo que estaba haciendo cuando me llamó. Me dice que a la próxima sesión de ese tipo le llame corriendo. Estoy a gusto con él, me sienta bien verle.

—Me hubiera gustado ser el padre.

—¡Y cargar conmigo y con tres niños! Tú estás mal.

—¿Tu ex está contento?

—Lo va llevando.

—Seguro que al final acabaréis juntos.

—Seguro que no.

—Ya sabes que puedes llamarme si necesitas algo.

—Te llamaré aunque no necesite nada.

Luisma ha encontrado trabajo como electricista. Por fin. Bueno, exactamente no lo ha encontrado él, se lo he buscado yo en una empresa de servicios de iluminación para rodajes de cine y televisión. Ha aceptado porque le he dicho que no puede pasar un mes más sin pasarme la pensión de los niños. Incluso le he amenazado con que puede tener problemas con el régimen de visitas si no me ayuda económicamente. Por supuesto, no se lo ha creído, pero ha hecho como si se lo creyera. Él sabe que nunca permitiría que los niños dejaran de verle, aunque sólo fuera por mi propio egoísmo. Mateo y Pablo lo pasarían fatal si no pudieran verle y además me viene de maravilla que se los quede los fines de semana alternos y varias tardes cada semana. Cuando nazca el bebé, vamos a tener un problema con eso, porque no sé si se querrá llevar a los tres. Ya veremos.

Ahora Luisma está bien conmigo, ha superado con mucha dignidad lo de quedarse sin piso y habla con naturalidad de mi embarazo. Que yo no tenga pareja le facilita mucho las cosas. En el fondo está encantado de que yo siga sola y en los últimos días me muestra un cariño que tiene también algo de consuelo. Luisma y yo no nos parecemos casi en nada, pero cada vez tengo más claro que tenemos la necesidad de estar bien el uno con el otro. En el fondo somos una maravillosa ex pareja.

—¡Esther, me ha encantado tu novela!

—Sabía que te iba a gustar.

—¿Cómo la vas a titular?

—No lo sé. Todavía no se me ha ocurrido ningún título bueno.

—Ya te saldrá.

—¿Qué te ha parecido el final?

—Emocionante, pero hubiera preferido que no acabara sola.

—Tenía que ser así.

—¿Por qué?

—Porque en el fondo es lo que quiere.

—Una mujer nunca quiere estar sola.

—Una mujer no tiene que estar siempre con alguien.

—Yo me he sentido muy identificada con ella.

—Todas las mujeres somos un poco como ella.

—Muchas mujeres podrían ser protagonistas de una novela.

—Una mujer en el mundo es una novela.

—¿Yo también?

—Hay algo en lo que tú y ella sois idénticas.

—¿En que nos sobran unos cuantos kilos?

—No. Eso también nos pasa a casi todas.

—Entonces, ¿en qué somos idénticas?

—En que es una tía fantástica y no lo sabe.

—Muy bonito, pero yo no me veo así.

—Ella tampoco se ve como es. Está tan pendiente de tantas cosas que no puede verse.

—¡Igual que los caracoles!

—¿Cómo?

—Nada, cosas de Mateo. Él dice que los caracoles no saben que son caracoles porque no pueden verse.

—A mí los caracoles me parecen muy simpáticos.

—Pues a mí me dan un poco de asco.

—Los caracoles llevan la casa a cuestas, siempre llegan tarde y nunca se meten con nadie. ¡Los caracoles me parecen cojonudos!

—Pues podrías titular así la novela.

—¿Así cómo?

—Los caracoles no saben que son caracoles.

—Si la titulo así, los de la editorial me matan.

Hacer los preparativos para la llegada de un bebé es muy complicado y más si el bebé no tiene padre para que me ayude a reorganizar los muebles. Tengo que habilitar como habitación una especie de cuarto pequeñísimo que había en casa y que hasta ahora me servía de trastero. Cuando compramos la casa, Luisma dijo que esa habitación sería su despacho.

—¿Y para qué quieres tú un despacho si eres electricista?

—Mujer, para mis libros.

—Pero si no lees.

—Pues para mis cosas.

—¿Para qué cosas?

—¡Bueno, que quiero un despacho y punto!

Al final pusimos allí una mesa, una silla y un flexo para que Luisma cumpliera su sueño hasta que poco a poco lo fuimos llenando de un montón de cosas inservibles. Allí había, entre otras cosas, colchonetas de playa, un cochecito de bebé al que le falta una rueda, una colección de latas de cerveza que tenía Luisma, balones pinchados, un ordenador roto de principios de los noventa y una enciclopedia que mis padres nos compraron a plazos a María y a mí cuando éramos pequeñas y que ya no sirve para nada. La semana pasada localicé una ONG que se dedica a recoger trastos y en una mañana me dejaron el cuarto vacío. Ahora lo difícil será convertirlo en un lugar agradable para el bebé. Cuando nazca, dormirá conmigo, pero a los tres meses no puedo llevarlo a la habitación de sus hermanos porque allí no cabe. Creo que vuelve a estar de moda empapelar y en una tienda he visto unos papeles preciosos, que parecen como de tela y que pueden quedar de maravilla con una alfombra de colores que he comprado para que el bebé esté a gusto jugando en el suelo.

Esta mañana me he levantado un poco triste. No me siento bien. Debe de ser normal, teniendo en cuenta que estoy embarazada, va a cumplirse un año desde que no está María, falta muy poco para Navidad y en la tele no paran de poner anuncios en los que salen todo el rato buenas personas. Estoy hablando de todo esto en mitad de mi última sesión con Lourdes hasta después de Reyes.

—¿Y a ti eso cómo te deja?

—¡Mierda!

—Clara, ¿qué pasa?

—Que creo que me estoy poniendo de parto.

—Pero si te falta un mes.

—Tres semanas.

—¡Mierda!, ¿y yo qué hago?

—Lo primero, tranquilizarte.

—¡Qué fácil lo ves tú todo!

—Lourdes, soy yo la que estoy de parto.

—¡Es verdad! Respira, respira.

—¡Hostia! Esto es una contracción. ¡Ay, joder, cómo duele...! Mira, eso es otra.

—¡No me puede estar pasando esto a mí!

—¿A ti?

—Perdona, pero es que estoy muy nerviosa.

—¿Tienes coche?

—Sí.

—Pues llévame al hospital.

—Voy.

—¡Aaaahhhh!, ¡aaaayyyyy!

—¡Aguanta, Clara!

En los anteriores me dio tiempo a llevarme la canastilla con todo preparado y a ensayar con Luisma el camino de la clínica y sus posibles variantes si había demasiado tráfico. Ahora, he estado a punto de parir en el coche de Lourdes, que me ha traído al hospital a toda velocidad desde su consulta. Me duele mucho y tengo miedo. Es el tercer parto, pero a esto nunca te acostumbras.

Me han dado una habitación enorme para mí sola. Además, parece más amplia porque tiene una terraza a la que se sale por dos puertas correderas de cristal que ocupan casi toda la pared. Desde mi cama veo el cielo, que esta mañana es bastante claro, ha salido el sol y, aunque fuera hace frío, desde aquí parece un día de primavera. Las enfermeras están esperando a que venga don Gonzalo mientras comprueban mi dilatación cada veinte minutos. Lourdes no se separa de mí y aguanta sin inmutarse mis gritos histéricos cada vez que viene una contracción. Le he pedido que avise a mi madre y que ella se encargue de llamar a mi padre y a Luisma para que se quede con los niños.

—Clarita, hija, ¿cómo estás?

—Don Gonzalo, menos mal que ya ha venido.

—Menuda prisa tiene este bichito por salir.

—Póngame la epidural, se lo suplico.

—Tranquila, Clarita —dice mirando debajo de mi camisón—, que todavía es pronto.

Don Gonzalo se marcha de la habitación y ordena a las

enfermeras que me vayan controlando, pero cree que por lo menos faltan dos horas. No es que dude de la experiencia de don Gonzalo, pero al ritmo que van estas contracciones no creo que esto vaya a durar tanto.

Estoy nerviosa, tengo muchas ganas de parir para que termine el dolor, pero me da pánico que llegue el momento. Mi madre tiene el móvil apagado, así que Lourdes sólo ha podido dejarle un par de mensajes. Me dice que no me preocupe porque se quedará conmigo el tiempo que sea necesario. Desde su teléfono ha llamado uno a uno a los pacientes que tenía hoy para decirles que no habrá consulta.

Desde que he llegado al hospital no paro de acordarme de María. Cuánto me gustaría que estuviera aquí para que me apretara la mano y para que me dijera todo lo que tengo que hacer, ella que nunca lo había hecho. Pienso que no está y lloro sin consuelo. Lourdes cree que se trata de una nueva contracción.

—¿Tanto duele?

—¡No sabes cuánto!

La comadrona entra por la puerta, todavía vestida de calle, y una enfermera la sigue con unas toallas y una maquinilla de afeitar para prepararme antes del parto. A eso le llaman las enfermeras preparar. No me acuerdo del nombre de la comadrona, pero la conozco porque es la que siempre trabaja con don Gonzalo y ya me atendió con Mateo y con Pablo.

Las contracciones son cada vez más fuertes y más frecuentes. Duelen tanto que mientras duran es imposible pensar en nada. Lo único bueno es que con el dolor se me olvida María. Don Gonzalo vuelve a pasarse por mi habitación y nada más levantarme el camisón, lo tiene claro.

—Clarita, nos vamos al paritorio.

—¿Y la epidural?

—No va a dar tiempo.

—Si ya se lo decía yo.

Todavía no hemos dado con mi madre, así que Lourdes se ofrece a acompañarme. La veo tan asustada que le digo que no, que lo mejor es que espere en la habitación por si acaso llama alguien.

Un camillero me lleva por un montón de pasillos y ascensores hasta que entramos en el quirófano. La comadrona me ayuda a subirme al potro.

—¿No va a pasar el papá?

—En esta ocasión no hay papá.

—¡Lo siento, hija!

En el quirófano no cabe nadie más. Yo no sé qué hace aquí tanta gente. Que yo identifique están don Gonzalo, la comadrona, dos enfermeras, un anestesista, una pediatra y su ayudante. No puedo con el dolor y lo que hace un momento eran sólo gritos, ahora son insultos e improperios. Está claro que es imposible ser educada mientras pares: «¡Mecagoenlaputadongonzalomirequeledijelodelaputaepiduraldeloshuevos!». La comadrona intenta ayudarme con la respiración y procura distraerme hablando de algo.

—¿Y tu hermana la médico tampoco viene?

—Mi hermana murió.

—¡Vaya día que llevo!

Lo único que quiero es que termine este dolor que me rompe por dentro. Creo que si duele más me voy a morir de dolor. Es insoportable. Don Gonzalo me pide que empuje, que falta muy poco, una enfermera me limpia el sudor y me anima diciéndome que soy una campeona, la comadrona se sube literalmente encima de mi tripa, don Gonzalo dice que ya está a punto y yo empujo con la ayuda de un último grito que dura lo suficiente para ser primero dolor y después alivio. Por fin está aquí. En unos segundos eternos de placer siento cómo me roza su cuerpo saliendo del mío y se juntan mi llanto con el suyo.

El mismo enfermero de antes me mete de nuevo por pasillos y ascensores camino de mi habitación. Desde la puerta escucho que mi madre por fin ha llegado.

—Hija mía, ¿cómo estás?

—Ahora mejor.

—¿Dónde está?

—Ahora viene.

Lourdes, que sigue en la habitación, me da la enhorabuena porque todo haya salido bien. Llaman a la puerta.

—¿Se puede?

—¡Esther!

—¿Cómo estás, Clara?

—Ya ves, recién parida.

—¿Y dónde está la cosita?

—Ahora la suben.

De nuevo la puerta que se abre.

—¿Dónde está mi reina?

—Pasa, papá.

—He venido en cuanto me ha llamado tu madre. Es que estaba en Toledo con Maite.

—¿Y dónde está ella?

—Se ha quedado abajo esperando.

—Pues dile que suba.

—¿No te importa?

—¿No seremos muchos? —dice mi madre desde los pies de la cama.

—No pasa nada, mamá.

—Es que José también está abajo.

—Pues que suba también.

—Pues claro que sí —se le escapa con satisfacción a Lourdes.

Mi madre y mi padre se apresuran a llamar cada uno desde su móvil a cada uno de sus novios para que suban. Menos mal que la habitación es grande. Falta va a hacer porque de nuevo se abre la puerta: es Luisma, que viene con sus padres.

—¿Y los niños? —pregunto a mi ex, que debería estar con ellos.

—Están con Sornitsa. Dice que luego los trae.

Mis suegros me besan con cariño y me preguntan cómo estoy después del parto.

—Es que se han empeñado en venir —se justifica Luisma.

—No me importa.

—Era por si necesitabas algo —dice Elisa.

Lejos de molestarme, me parece muy digno que mis suegros hayan venido a verme sin hacerlo como abuelos. Me parece un acto de amor que no todo el mundo sería capaz de hacer.

José y Maite entran en la habitación a la vez y les reciben mis padres. Se presentan de manera educada y cada uno de ellos acompaña a su pareja hasta mi cama.

—¡Qué guapa estás! —dice José mientras me besa.

—¡Enhorabuena, Clara! —me dice tímida Maite.

—Lo siento, Maite —le digo un poco emocionada.

—Gracias por dejarme subir —me contesta todavía más emocionada.

—¡Pues claro que sí! —se le escapa otra vez a Lourdes.

—¿Y Jaime? —le pregunto a su madre.

—Viene para acá —se anticipa Esther.

—¡Esther, no te había visto! —le dice Maite a su nuera.

—¡Con tanta gente!

—¿Has llamado a Carmen? —le pregunto a Esther.

—Sí. Creo que también está viniendo.

Efectivamente, Carmen es la siguiente en entrar por la puerta. Ella tampoco lo hace sola. Al enterarse, llamó a Roberto para contárselo y éste decidió avisar a Miguel. Los tres han venido en el mismo coche.

En la habitación hay ya tanta gente que empiezan a formarse corrillos. Los que se conocen hablan de sus cosas y los que no se presentan entre sí.

—Hola, tú debes de ser Luisma.

—Sí. ¿Y tú eres?

—Yo soy Miguel.

—¡Hombre, enhorabuena!

—¡Hombre, enhorabuena!

—¿Cómo?

—¿Cómo?

—¡Luisma, ven corre! —grito desde la cama

—¿Qué? —me pregunta Luisma, todavía confuso.

—No, nada. Sólo quería que vinieras.

Entre el bullicio veo que Jaime se abre paso entre la gente para darme un beso. Después se va junto a Maite y Esther. La mitad de la gente decide ponerse los abrigos y salir a la terraza para que el ambiente sea más respirable.

—¡Mamá, mamá!

Mateo y Pablo entran corriendo a la habitación y se suben encima de la cama a besarme. Sornitsa entra detrás.

—¡Esto parecer metro!

—¿Has visto?

—Clarra, ser normal tanta gente.

—¿Tú crees?

—A ti querrer mucho la gente.

Ya no falta nadie por venir. Tumbada en la cama pienso que daría media vida porque se abriera una vez más la puerta de la habitación y apareciera María. Hace casi un año que murió y posiblemente hoy es el día que más la he echado de menos. Con ella se murió también una parte de mi fragilidad, se murió mi manera de quererla, se murió una forma de reír que es imposible sin ella. Todavía ha pasado muy poco tiempo para que todo eso deje de doler. La vida es imprevisible, dura, insoportable y maravillosa.

—¿Se puede? —grita desde la puerta don Gonzalo, que empuja un cuco con ruedas.

Todos se agolpan a su alrededor. Sornitsa, Mateo, Pablo, Jaime, Carmen, Miguel, Roberto, Maite, José, Luis Mariano, Elisa, Luisma, Lourdes, mi padre y mi madre miran el interior del cuco antes de que yo pueda coger a mi hija.

—¡Pero si es una niña! —se sorprende Luisma.

—¿Todavía no te habías enterado? —le responden unos cuantos.

—¿Y cómo se va a llamar?

—¿Tú qué crees? —contesta el resto.

Por fin la tengo entre mis brazos y puedo besar a mi hija. Abre los ojos y me mira mientras los míos se llenan de lágrimas. Me acerco a su oído para decirle con todo el amor que soy capaz de dar.

—¡Te quiero, María!

Agradecimientos

A Miryam Galaz y a Olga Adeva, por su entusiasmo, por su apoyo y por su luz todo el tiempo que he tardado en escribir este libro. Olga, sin ti este camino no habría empezado; Miryam, no sabes cuánto me has ayudado. Gracias a las dos.

A «la Rayo», Patricia, Lydia, Cristina, Anita... por transmitirme vuestra emoción por Clara, inspirarme y estar ahí. Tengo mucha suerte.

A Carmen, por escucharme al teléfono tantas horas leyéndole a Clara y, sobre todo, porque eres un ser maravilloso.

A Ruth, porque es tuya la risa de este libro, porque eres mi hermana del alma y porque te quiero.

Y a Juan, porque sin tu ayuda este libro no existiría.

Este libro
se terminó de imprimir
en los talleres de Cayfosa
(Impresia Iberica)
en el mes de enero
de 2009